結婚にとまどって

ダイアナ・パーマー 作

氏家真智子 訳

ハーレクイン・ディザイア

東京・ロンドン・トロント・パリ・ニューヨーク・アムステルダム
ハンブルク・ストックホルム・ミラノ・シドニー・マドリッド・ワルシャワ
ブダペスト・リオデジャネイロ・ルクセンブルク・フリブール・ムンバイ

Published by Harlequin Japan,
a Division of K.K. HarperCollins Japan, 2019

ダイアナ・パーマー

シリーズロマンスの世界でもっとも売れている作家のひとり。各紙のベストセラーリストにもたびたび登場している。かつて新聞記者として締め切りに追われる多忙な毎日を経験したことから、今も精力的に執筆を続ける。大の親日家として知られており、日本の言葉と文化を学んでいる。ジョージア州在住。

主要登場人物

グウェンドリン・キャサウェイ……サンアントニオ警察の新人刑事。愛称グウェン。
リカルド・マルケス……グウェンの上司。巡査部長。愛称リック。
カル・ホリスター……リックの上司。警部補。
ゲイル・ロジャーズ……リックの同僚。
バーバラ・ファーガソン……リックの養母。カフェの経営者。
キャッシュ・グリヤ……ジェイコブズビルの警察署長。
ウィンスロー・グレーンジ……牧童頭。
エミリオ・マチャド……南米の小国の元大統領。

1

プラチナブロンドの豊かな髪は、いつも頭のてっぺんできっちりアップにまとめてあった。

「眼鏡は苦手なんです。すぐにレンズが曇ってしまうし、手入れが大変なので」グウェンが言い訳がましくつぶやいた。

リックはいらだたしげな息をつき、オフィスにあるデスクの端に腰かけた。上着の前がはだけ、ベルトにつけた警察のバッジと、四五口径のいかついコルトACPが入った革のホルスターがむき出しになる。その姿勢でいると、筋肉質の脚がきわだって見えた。淡いオリーブ色の肌を持つリックは背が高く、引き締まった体つきで、長く伸ばした豊かな黒髪をポニーテールにしている。男性的な魅力にもあふれているが、どういうわけか女性との関係が真剣な交際に発展したことはない。女性たちの目に映るリックは、頼りになる相談相手だった。リックが非番のときも銃を携行していると知り、つき合いを断った

「きみは捜査の妨害をするつもりか？」サンアントニオ警察の巡査部長、リカルド・マルケス――リックは新入りの部下をにらみつけた。

「申し訳ありません」グウェンドリン・キャサウェイ――グウェンがすまなそうに言った。「うっかりつまずいてしまったんです。不注意でした」

リックは眉をひそめて唇を引き結んだ。「近視なのに眼鏡をかけないからつまずくんだ」個人的な意見を言わせてもらえば、眼鏡をかけたからといって、かくべつ器量が落ちるわけではないはずだ。グウェンは好感の持てる顔立ちをしていて肌もきれいだが、とびきりの美女ではない。チャームポイントである

女性もいる。非番でも銃は手放せないのだと説明しても、彼女は納得してくれなかった。女性関係に恵まれていないので、大好きなオペラもひとりで見に行くしかない。リックはどこへ行くにもひとりだった。三十一歳の誕生日を前にして、孤独感は深まるばかりだ。そのせいか、ささいなことでも神経にさわった。

そんなとき、グウェンがとんでもないへまをしたのだ。複雑な殺人事件を解決へと導く一連の証拠が、彼女のおかげでだいなしにされるところだった。

その凄惨な殺人事件の被害者はカレッジの一年生で、ブロンドの若く美しい女性だった。有力な容疑者はおらず、現場にもめぼしい証拠は残されていなかった。グウェンはその現場でつまずいて、血痕を踏みつけそうになったのだ。

リックの機嫌は、とてもよいとは言えなかった。空腹ではあるものの、ランチにかぶりつく前にグウェンに噛《か》みつかなければならない。ぼくが何もしなくても、カル・ホリスター警部補が彼女を厳しく叱責するだろうが……。

「あんなミスを犯したら、首にされても文句は言えないぞ」リックは指摘した。「ここへ赴任してきたばかりなのに」

グウェンが顔をしかめた。「わかっています」そこで肩をすくめる。「ここを追い出されたらアトランタ警察に帰ります」グウェンは観念したような口調で言い、なかば透き通った淡いグリーンの瞳で彼を見た。

こんな色の瞳を見たのは初めてだ、とリックは思った。「キャサウェイ、現場ではもっと慎重に行動しろ」

「はい。以後、気をつけます」

リックはグウェンが着ているTシャツに目を向けまいと努力した。彼女はジーンズをはき、Tシャツの上にデニムの軽いジャケットをはおっている。十一月にしては例年にない暖かさだが、朝はけっこう冷えるのでジャケットなしでは寒かった。

　グウェンのTシャツの胸元には、緑色をしたエイリアンの絵と、〝ぼくの宇宙船を見なかった？〟という文字がプリントしてある。リックは視線をそらして笑いをこらえた。

　グウェンがジャケットの前をかき合わせた。「Tシャツを着て職場に来てはいけないという規則はないはずです。違いますか？」

「警部補がそのTシャツを見たら、黙ってはいないだろうな」リックは言った。

　グウェンがため息をつく。「こちらの慣習になじむよう努力します。言い訳に聞こえるかもしれませんが、わたしはちょっと変わった家庭で育ったんです。母は連邦捜査局《FBI》の職員で、父は軍人です。兄も……」少し言いよどんだ。「かつては軍の情報部で働いていました」

　リックは眉をひそめた。「ひょっとして、お兄さんは亡くなったのかい？」

　グウェンはうなずいたが、兄を失った心の傷はまだ癒えておらず、それ以上何も言えなかった。

「気の毒に」リックは硬い口調で言った。

　彼女が身じろぎした。「兄のラリーは中東で極秘の作戦を遂行中に死亡しました。ほかに兄弟や姉妹はいないので、ラリーのことを話すのはつらくて」

「無理もない」リックはデスクにのせていた腰をあげ、左手首につけている軍用の腕時計に目をやった。

「そろそろランチにするか」

「わたし、ご一緒することは……」

　リックは目をむいた。「勘違いするな。きみをランチに誘ったわけじゃない。ぼくは同僚とはデートしない主義なんだ」

　グウェンは喉元まで真っ赤になって背すじを伸ば

した。「すみません。わたし……あの……」

リックは手をふって彼女の言葉をさえぎった。

「話の続きはまたにしよう。とにかく、視力の問題をなんとかしてくれ。よく見えない目で犯行現場の検証など、できるわけがないからな！」

「おっしゃるとおりです」

リックはオフィスのドアを開けてグウェンを先に外に出した。彼女の身長は彼の肩にぎりぎり届くぐらいで、春に咲くピンクの薔薇《ばら》の香りがした。ジェイコブズビルに住んでいる母親の庭に咲いている薔薇と同じ、ほのかな香りだ。悪くない、とリックは思った。警察署の職員のなかには、香水の匂いをぷんぷんさせている女性もいる。彼女たちは頭痛持ちだったり、アレルギーに悩まされたりしているが、浴びるほど振りかけている香水にその原因があるとは夢にも思わないようだった。以前、強烈な香水をまとった事務職員が横に立ったために、同僚の刑事がひどい喘息《ぜんそく》の発作を起こし、命を落としかけたことがあった。

グウェンが不意に足を止め、リックの胸がその背中にぶつかった。彼はとっさに両手を伸ばし、前のめりになった彼女が倒れないように肩をつかんだ。

「ごめんなさい！」グウェンは謝罪した。両肩を優しくとらえた大きな手の力強いぬくもりが、ぞくぞくするような快感をつむぎ出す。

リックはすぐに彼女の肩から手を離した。「どうして急に立ち止まったりしたんだ？」

グウェンは理性を失うまいと努力した。数週間前に初めて会ったときから、セクシーなマルケス巡査部長に惹《ひ》かれるものを感じていたのだ。「鑑識のアリス・ファウラーの話を聞きに行ったほうがいいか、指示を仰ごうと思ったんです。殺害された女性のアパートメントで見つかったデジタルカメラから、犯人につながる証拠が出たかもしれないので」

「それはいい思いつきだ。鑑識の結果は、きみが聞いてきてくれ」

「ランチをすませてオフィスにもどる前に、アリスのところへ行ってきます」グウェンは大事件を解決するための手伝いができることをうれしく思い、口元をほころばせた。「ありがとうございました」

リックはうわの空でうなずいた。これから近所にある行きつけのカフェへ行き、おいしいビーフストロガノフを注文するつもりだ。今日は待ちに待った金曜なので、ちょっとした贅沢《ぜいたく》を味わうことができる。

明日は土曜で非番だが、母親のバーバラの手伝いをする予定だった。温室で野菜を有機栽培している農家からもらい受けたトマトを自家製の缶詰にするのを手伝うのだ。リックの母親はジェイコブズビルでカフェを経営している。そこで客に出す料理には、オーガニックの野菜やハーブが使われていた。

リックにとって、バーバラ・ファーガソンは恩人とも言うべき存在だった。中学に通っていたころ、リックは天涯孤独の身になった。バーバラもちょうど同じ時期に夫を不慮の事故で失い、おなかの子を流産した。リックの母親は短期間バーバラのカフェで働いていたことがあった。それが縁で、バーバラがリックを引きとって育てることになったのだ。唯一の肉親だった母親と義理の父親を事故で同時に亡くし、ひとり残されたリックは問題ばかり引き起こしている気難しい子供だった。ほかに身寄りもなく、途方にくれていたリックに、バーバラは救いの手をさしのべ、新しい家庭を与えてくれた。リックはバーバラを実の母のように愛し、たいせつにしているが、実母と一緒に亡くなった義理の父親のことは思い出すのもいやだった。

バーバラはリックが結婚して家庭を持つことを切望していて、義理の息子と顔を合わせるたびに、早く身を固めるよう催促していた。花嫁候補の独身女性を何度かリックに引き合わせたりもしたが、バーバラの涙ぐましい努力は実を結ばなかった。

ぼくという男は、バーゲンセールで誰にも手にとってもらえない売れ残りの商品みたいだな。リックはそう思い、短い笑いをもらした。

グウェンはリックの後ろ姿を見送って考えた。なぜ彼は別れぎわに笑ったのかしら？　恥ずかしながら、さっきは彼にランチに誘われたと勘違いしてしまった。リック・マルケスには、ガールフレンドはいないはずだ。寂しい私生活が同僚たちの冗談の種になっているリックも、グウェンを好ましい異性として意識してはいなかった。いつものことだわ。わたしを本気で好きになってくれた男性は、ただのひとりもいないのだから。男性たちにとって、グウェンはよき相談相手でしかなかった。ほかの女性との恋愛問題でアドバイスを求めてくる男性はいても、デートに誘ってくれる相手はいない。

自分は美人ではない、とグウェンは自覚していた。男性たちが求めるのは、派手で奔放でパワフルな女性たちだ。グウェンは以前、婚前交渉は罪だとデート相手に告げて大笑いされたことがあった。おいしい食事をごちそうし、劇場にまで連れていった見返りを期待していた彼は、ベッドでのもてなしを拒否されて怒りをあらわにした。グウェンにとって、それは苦い体験だった。

「わたしはドン・キホーテだわ」グウェンは小声でつぶやいた。

「ドン・キホーテは男よ」ゲイル・ロジャーズ巡査部長が通りすがりにふと足を止めた。ゲイルは裕福な牧場経営者の母親だが、自立した生活を営むために仕事を続けていた。警察官としてもきわめて優秀で、グウェンの憧れの的だ。「どうしてあなたがドン・キホーテなの？」ゲイルがきいた。

グウェンはため息をついてあたりを見まわし、ふたりのやりとりを他人に聞かれる心配がないことを確かめてからささやいた。「わたし、男の人とデートはしても、体まで許すのはいやなんです。そんなわたしを男性たちはクレージーな女だと思うみたい」グウェンはそこで肩をすくめた。「だからわたしは、退廃したこの世にモラルと理想をとりもどすために奮闘しているドン・キホーテなんです」

笑われるかと思いきや、ゲイルは優しくほほえんだ。「ドン・キホーテは気高い心の持ち主で、夢を追い続けた理想家だったわ」

「というより、頭のねじがゆるんでいたと言うべきじゃないかしら」グウェンはため息をついた。

「そうかもしれないけれど、彼のおかげで自分に価値を見出《みいだ》した人もいたわ。彼が理想の女性として追い求めた娼婦《しょうふ》のようにね。ドン・キホーテは厳しい現実に負けた人々に夢を与えたのよ。彼らにとって、ドン・キホーテは英雄だわ」

グウェンは笑った。「そう考えると、ドン・キホーテにもいいところがあったのかも」

「人は理想を抱いて生きるべきだわ。そのために嘲笑されたとしても」ゲイルはさらに言葉を継いだ。「あなたはあなたの信じる道を行きなさい。どんな社会にも、はみ出し者はいるわ」そこで身をかがめて言いそえる。「歴史を動かすのは、社会という枠組みにおさまりきらなかった者たちなのよ」

「おっしゃるとおりです」グウェンは晴れやかな顔で言った。「あなたも数多くの困難を乗り越えてきたそうですね。銃撃されたこともあるとか」

「そんなこともあったわね。でも、苦労したおかげで、迷宮入りになった殺人事件に突破口を見出して、犯人を逮捕できたのよ」

「その話、聞きました。すごいですね」

ゲイル・ロジャーズがほほえんだ。「確かに、すごい事件だったわ。リック・マルケスも、あのとき わたしを撃った連中に不意打ちをくらわされたのよ。連中はリックが死んだと思って現場に放置していったけれど、彼もわたしもなんとか生きのびることができたわ」ゲイルがふと眉をひそめた。「リックと何かあったの？　厳しいことでも言われた？」

「わたしは叱責されて当然のことをしたんです」グウェンは正直に打ち明けた。「わたし、目が悪いのに眼鏡嫌いで、コンタクトレンズも受けつけない体質なんです。目がよく見えないものだから、検証に出かけた現場でつまずいて、そこに残された証拠をだいなしにするところでした」グウェンは顔をゆがめた。「昨夜《ゆうべ》、ある女子大生が、自宅のアパートメントで死体となって発見されました。犯人が捕まって裁判になったとき、証拠が汚染されていた可能性があることを弁護側が知ったら大喜びするでしょう。悪いのは、わたしです。巡査部長に叱責されてもしかたありません」リック・マルケスが部下に不当な扱いをしたと誤解されないよう、グウェンはすかさず言いそえた。

ゲイルが探るような目で彼女を見た。「あなた、リックのことが好きなのね？」

「というより、尊敬しています」グウェンはそう答えつつ赤面してしまった。

ゲイルの温かいまなざしが彼女をとらえる。「リックはいい人よ。癇癪《かんしゃく》持ちで無鉄砲で、むら気ではあるけれど、じきに慣れるわ」

「慣れる努力をしているところです」グウェンはくすくす笑った。

「アトランタはどうだった？」グウェンと連れ立って出口に向かいながらゲイルがきいた。

「え？」グウェンはぼんやりと問い返した。

「あなたの前の勤務先だったアトランタ警察の居心地はどうだったかと尋ねたのよ」

「あ、すみません！」グウェンは急いで頭を働かせた。「居心地は悪くありませんでした。でも、心機一転したくて異動を申し出たんです。テキサスへの憧れもあったし」

「そう」

グウェンはゲイルに嘘《うそ》をついた。彼女には誰にも言えない秘密があるのだ。グウェンはそこで話題を変え、駐車場までゲイルとふたりで歩いていった。

今日のランチは、ドレッシングをかけたサラダにグリルチーズサンドイッチを半分と、デザート代わりのカプチーノを一杯だった。大好きなカプチーノは週に一度、金曜にしか味わえない贅沢だ。グウェンは金曜日にカプチーノを飲むためにランチ代を倹約していた。

両目を閉じてカップに口をつけると、ひとりでに口元がほころんだ。カプチーノの芳醇《ほうじゅん》な香りには、イタリアを思い起こさせるものがある。古代遺跡をはるかに望む、ローマの街角の小さなカフェが目に浮かぶ……。

グウェンは誰かに頭のなかをのぞかれそうな気がして、弾《はじ》かれたように目を開けてあたりを見まわした。海外にいた事実をぽろりと口にしないよう注意しなければ。わたしは、ここでは新米の刑事なのだ。そのことを決して忘れてはならない。この時期にうっかり口を滑らせるのは許されないことだった。

そう考えているうちに、マルケス巡査部長の顔が脳裏に浮かんだ。事実を知らされたとき、彼はすさまじいショックを受けるだろう。グウェンに課せられた任務は、リック・マルケスの出生の秘密について、彼とその養母がどこまで知っているかを見きわめることだった。わたしの口からは何も言えない。今はまだ……。

グウェンはカプチーノを飲み終えると、勘定をすませて通りに出た。このところの天候は、どう考えても妙だ。今年の春、南部では例年にない寒さだった。夏になると猛烈な熱波がやってきて山火事が頻発し、家畜が大量に死んだ。十一月に入っても季節はずれの暖かい日が続いているが、気象情報によると、そろそろ雪になるとのことだった。

これが異常気象というものだろう。今年の夏、アリゾナからフロリダに至るアメリカ南部一帯は記録的な旱魃《かんばつ》に見舞われ、南西部の諸州では大規模な山火事が相次いで発生した。テキサス南部でも、最高気温が四十度近い猛暑日の連続だった。北部でも、去年の冬に降り積もった大量の雪が春先に解け、ミシシッピ川が氾濫して甚大な被害を出していた。

今は十一月だというのに、グウェンは駐車場に停《と》めた車のもとへたどり着くまでに汗ばんでいた。朝の肌寒さをしのぐために着ていたジャケットも脱いでしまった。季節的には冬と言っていいこの時期に、車のエアコンのスイッチを入れながら考える。エアコンがない時代の人たちは、どうやって暑さをしのいでいたのかしら。当時の暮らしは、楽なものではなかっただろう。

グウェンは愛車を走らせて鑑識へ向かった。殺人現場に落ちていたデジタルカメラには、予想どおり何枚もの写真が残されていた。写っているのは、殺害された女子大生の友人たちだろう。顔認識ソフトを使えば、それぞれ身元を割り出せるかもしれない。数ある写真のなかに、グウェンの注意を引いたものがあった。それは、被害者が住んでいたアパートメントの前で撮影された写真だ。カメラに向かい、にこやかにほほえむカップルの少し後ろに奇妙な男性が立っている。不審を抱いたグウェンは、その人物について調べてみようと思った。カップルの背景に写りこんだ男性は、ミドルクラスのアパートメントにそぐわないみすぼらしい服装で、カメラのほうをにらむような目で見ていた。グウェンは新たな証拠とともに車で署へ引き返した。

車内で彼女が考えたのは、リック・マルケスのことだった。わたしは彼の知らない事実を知っている。出生の秘密を知らされた彼が、大きな苦悩を味わうことにならなければいいのだけれど……。


バーバラは息子をとがめるような目で見た。「もっとていねいにトマトの皮をむいてちょうだい。そんなやり方では果肉まではがれてしまうわ」

リックは顔をゆがめた。「ごめん」そう言って慎重な手つきでナイフを動かし、大量にあるトマトの皮むき作業を続ける。

バーバラは温室で野菜の有機栽培をしている農家から譲り受けたトマトを自宅のキッチンで缶詰に加工していた。熱湯で煮沸消毒した容器に香り高いトマトのスライスを入れ、それを圧力釜にかければ自家製の缶詰の完成だ。


リックはけわしい目で圧力釜を見た。「圧力釜は信用できない。最も安全だとされているものでも危険だ」

「ナンセンスね。そのトマトをこっちへよこして」

バーバラはひと山のトマトを鍋で煮え立つ湯のなかへ放りこみ、しばらく待ってから水切り用のボウルにすくって入れ、リックの前に置いた。

「これで皮むき作業が楽になるわ。トマトは湯むきをするといいと何度も教えてあげたのに、あなたときたら聞く耳を持たないんだから」

「ぼくはナイフで皮をむくほうがいい」リックは黒い瞳に笑みをたたえて母親を見た。「たまりにたまったフラストレーションを解消できるから」

「あら」バーバラはあえて息子を見ずに言った。「なぜそんなにフラストレーションがたまるの?」

「新入りの女性刑事のせいだ」リックはむっつりと言った。

「グウェンのことね」バーバラが心得顔でうなずく。

リックは驚いてとり落としたナイフを拾い、改めて母親を見た。

「わたしがグウェンの名前を知っていたとしても、驚くにはあたらないわ。近ごろのあなたは彼女のことばかり話しているもの」

「そうかな？」リックには、そんな自覚はなかった。

バーバラがトマトの皮をむきながらうなずいた。

「目の悪いグウェンが、検証中の現場でつまずいたとか、コーヒーをこぼしたとか、携帯電話を見つけられなかったとか……」バーバラはそこで目をあげ、トマトを手にして突っ立ったままの息子を見た。

「ほらほら、手を動かして。トマトの皮は、ひとりでにむけるわけじゃないのよ」

リックはうめくような声をもらした。

「わたしの特製ビーフシチューにトマトを入れると、どれほどおいしくなるかを考えれば、作業がはかどるはずよ。さぼらずに皮をむいて」

「こんなに手間のかかることはやめて、真空パックにして冷凍したほうがいいんじゃないかな？」

「停電が何日も続いたらどうするの？」

リックは少し考えてから答えた。「トマトが傷まないよう、氷を大量に買いこむから大丈夫さ」

バーバラが笑った。「でも、一八五九年の〝キャリントン事象〟のようなことが起こったら、電力の供給がどうなるか、わかったものじゃないわ」

リックは困惑して目をしばたたいた。「なんの話をしているんだい？」

「〝キャリントン事象〟というのは、一八五九年に観測された史上最大の太陽嵐のことよ」バーバラが説明した。「嵐の引き金となった太陽フレアのために地磁気が乱れ、電信線が燃えたり、無線機が発火したりしたの」そこで息子をちらりと見る。「電気が普及していなかった当時でさえ、深刻な被害が出たのよ。電気に依存している今の時代に同じことが起こったらどうなるか、想像してごらんなさい。政府や軍をはじめとして、ありとあらゆるものが電気によって動かされているのよ。日々の生活に欠かせない水や電力の供給は、コンピューターに制御されているわ。そのコンピューターがまったく使えなくなったらどうなると思う？」

「以前、食品を買いに行った店のコンピューターが故障して、クレジットカードを使えなくなったことがある。ぼくはそのとき、パンとミルクを買うだけの現金しか持っていなかった。去年の冬、副鼻腔炎《ふくびくうえん》の治療のための抗生物質を買いに行ったときも薬局のコンピューターが故障中で、小切手帳をとりに家へ引き返すはめになったよ」

「わたしはそういうことを心配しているの」バーバラはトマトに注意をもどした。

「確かに、コンピューターがいかれたら、ひどいことになるだろうな。それほど大規模な太陽嵐が、また発生すると思うかい？」

「いつか必ず発生するわ。太陽は十一年の周期で活動を活発化させるの。ある科学者によると、二〇一二年に次の活動期に入るらしいわ。そのとき猛烈な太陽嵐が発生したら、もうおしまいね」

「二〇一二年か」リックはうめきつつ天を仰いだ。

「このあいだ、妙な男が署へやってきて、世間に情報を公開するべきだと力説していったよ」

「どんな情報を？」

「二〇一二年に地球最後の日が訪れるから、電磁パルスから身を守るため、アルミ箔《はく》で作った帽子をみんなでかぶるべきだとか」

「なるほどね」バーバラが訳知り顔で言った。「実際に強烈な電磁波が地球を襲ったら、巨大なコンデンサーのようなもののなかに避難しなければ無事ではいられないわ」バーバラが息子をちらりと見た。

「電磁波を利用した兵器を開発している国もあるそうよ。そんな兵器が使われたら、わが国の軍用コンピューターは全部だめになるでしょうね」

リックは手にしていたナイフを置いて、いらだたしげにきいた。「いったいどこからそんな情報を仕入れてきたんだい?」

「情報源はインターネットよ」バーバラはポケットに入れてあったiPodを出してみせた。「うちにいてもワイヤレスでネットにつなげるから、気に入ったサイトをいろいろチェックしているの。宇宙と地球の天気情報サイトとか、政府が公にしていない情報を秘密裏に開示しているサイトとか……」

「母さんが荒唐無稽な政府の陰謀説を信じているとは知らなかった」リックはうめいた。

「全国ネットのニュースでは、太陽嵐や電磁波のことはとりあげられないわ。どんな情報を世間に流すべきか、アメリカの主要メディアを支配している三大ネットワークが決めているのよ。わたしたちのもとへ届くのは、くだらない情報ばかり。わたしが若かったころは、テレビでちゃんとしたニュース番組が放映されていたわ。本物の記者たちが収集した地元に密着した情報が提供されていたのよ。ジェイコブズビルでは、今でも地元紙がその伝統を守り続けているわ」

「『ジェイコブズビル・タイムズ』のことなら、ぼくも知っている」リックはため息まじりに言った。「新聞社の女性オーナーが暗殺される危険があるとかで、ジェイコブズビルの警察署長のキャッシュ・グリヤが警護をしているそうだ。彼女は麻薬密売ネットワークを熟知していて、組織の大物たちの名前を紙面に載せようとしているらしい」リックはそこでかぶりをふった。「彼女もいずれ、犠牲者の列に加わるだろう。メキシコに本拠を置く麻薬密売組織は国境を越えて、何人ものマスコミ関係者を血祭りにあげてきた。彼女は凶悪な猫の首に鈴をつけようとしているんだ」

「誰かがなんとかしないと」バーバラはつぶやくと、トマトの皮を緑色の袋に放りこんだ。生ごみは捨てずにガーデニングで利用する主義なのだ。「このまま手をこまねいていたら、命を落とす人や麻薬中毒患者が増えるばかりだわ」

「ぼくもそう思う」リックは言った。「とはいえ、法の力で麻薬の密売組織を壊滅に追いこむのは、ほぼ不可能だ。麻薬をほしがる者がいるかぎり、売人はいなくならない。需要と供給の法則さ」

「保安官のヘイズ・カーソンが、その件でミネット・レイナーと話をしたそうね」

それは初耳だった。ミネットは『ジェイコブズビル・タイムズ』のオーナーで、腹違いの弟と妹がいる。弟のシェーンは十二歳で、妹のジュリーは六歳だ。ミネットは父親の再婚相手である義理の母親を心から愛していた。その義母はすでに亡くなり、父親も妻のあとを追うようにこの世を去った。ミネットは父親の新聞社を引き継いで、牧場を経営しながら幼い弟と妹を育てている。といっても、牧場の管理人は別にいて、同居している大叔母のサラが子供たちの面倒を見てくれるので、新聞社の仕事に専念することができた。今年二十五歳になったミネットは独身で、保安官のヘイズ・カーソンとは犬猿の仲だった。ヘイズはなぜか、弟のボビーが麻薬を摂取して命を落としたのはミネットのせいだと考えている。ボビー・カーソンに死をもたらした麻薬を与えたのは、レイチェル・コンリーという女性だと判明しているのだが……。

リックはくすくす笑った。「メキシコから組織の暗殺者がやってきたら、ミネットはヘイズを盾にするんじゃないかな」

「それはどうかしら。ふたりのあいだにある感情は、敵愾心《てきがいしん》よりもっと深いものだと思うの。憎み合っていたはずの男女が結婚した例は多いわ」

「キャッシュ・グリヤとティピーみたいに」

「ええ。スチュアート・ヨークとアイヴィ・コンリーもそうだったわ」

「ほかにも五、六組そういうカップルがいる。ジェイコブズビルは過疎とは無縁の町だな」

「コマンチ・ウェルズにも新顔が増えたわ」トマトの皮をむくバーバラの手の動きが速くなった。「あなた、知ってる？　グレーンジがコマンチ・ウェルズに牧場を買ったのよ。よりによって、ボスの土地に隣接する牧場をね」

リックは官能的な唇を引き結んだ。「どっちのボスのことだい？」

バーバラが目をしばたたく。「どういう意味？」

「グレーンジはジェイソン・ペンドルトンの牧場の牧童頭だが、傭兵《ようへい》訓練所のエブ・スコットのもとでも仕事をすることがある。母さんは知らないだろうが、グレーンジはペンドルトン誘拐事件の解決に一役買ったんだ。国を追われた南米の独裁者、エミリオ・マチャドのもとからグレイシー・ペンドルトンを救い出すために」

「マチャドですって？」

「ああ」リックはゆっくりトマトの皮をむいた。

「マチャドは謎の多い男だ」

「どういうこと？」

「我々がつかんだ情報によると、エミリオ・マチャドは十歳のころからメキシコの農場で働きはじめたらしい。外国資本への抗議運動に十代で参加するようになったが、肉体労働にいやけがさして、得意のギターと歌で食べていこうと考えたようだ。マチャドはしばらく酒場で弾き語りをやったあと、豪華客船のステージで歌う仕事にありついた。だが、それも長続きせず、とある傭兵部隊と行動をともにするようになり、民衆を圧制から解放する闘士として国際的に有名になっていった。その後、マチャドは南米の小国バレラで原住民の暮らしを守るために戦っていた民兵組織に雇われた。バレラはアマゾン川流域にある小国で、ペルーと国境を接している。マチャドは民兵組織を助け、豊かな石油資源が眠る土地を狙っていた外国企業に迫害されていた原住民を解放した。そのころから、弱者に肩入れすることに喜びを見出すようになったようだ。軍隊でも昇進を重ね、ついには将軍にまでのぼりつめた」

リックはそこで口元をほころばせた。

「四年前に死去した大統領の後任として、議会で満場一致で選出されたのは、エミリオ・マチャドが生まれながらのリーダーだからかもしれないな」リックは母親に視線を投げた。「小国とはいえ、傭兵あがりの人間が大統領に祭りあげられるのがどれほど珍しいことか、母さんにもわかるだろう?」

「マチャドがそれほど民衆に愛されていたなら、なぜメキシコへ移り住んで、復権に必要な資金を調達するために罪のない人々を誘拐するの?」

「マチャドは民衆の手で国を追われたわけじゃない。血の気の多い部下の策略によって追放されたんだ。その男はマチャドが隣国と貿易協定を結ぶために国を出るのを待って、クーデターを起こした」

「知らなかったわ」

「この事実を知っているのは限られた人間だけだから、他言はしないでくれ」リックは言った。「クーデターの首謀者はマチャドの参謀たちを皆殺しにしたのみならず、秘密警察を動員して新聞社やテレビ局、ラジオ放送局を閉鎖した。バレラの有力者たち——政治家や教育者、作家など——新体制の脅威とみなされた人々は、一夜のうちに投獄されてしまったんだ。抹殺された者も数知れない。首謀者であるペドロ・メンデスには、隣国の麻薬組織と密接なつながりがある。バレラの気候は麻薬の原料となるコカの生育に適しているらしく、新政府は貧しい農民たちにコカの栽培を〝奨励〟しているそうだ。さらに、メンデスは国内のありとあらゆる事業を国有化して、すべてを掌中におさめようとしている」

「マチャド将軍が国をとりもどしたいと思って当然だわ。復権できるといいわね」

「ぼくも母さんと同じ意見だ」リックは言った。

「でも、人前でそんなことは言えない。エミリオ・マチャドはアメリカではお尋ね者だ。誘拐は極刑に値する罪だからな。マチャドが逮捕されて裁判にかけられたら、死刑判決が出るだろう」

「誘拐は許しがたい罪だけれど、身の代金の使い道は崇高なものだと思うわ」

「崇高な使い道か」リックはくすりと笑った。

「わたしは冗談を言った覚えはないわ」

「母さんの言葉がおかしくて笑ったわけじゃない。グウェンのことを思い出したんだ。彼女は自分をドン・キホーテになぞらえているらしい」

バーバラが笑った。「なんですって?」

「同僚のゲイル・ロジャーズから聞いた話によると、新入りのグウェン・キャサウェイ刑事は婚前交渉をしない主義だとか。自分は退廃した世の中に名誉と道徳をとりもどすために孤軍奮闘しているドン・キホーテだと嘆いていたそうだ」

「あら、まあ!」バーバラはひそかにうれしく思いつつ唇をすぼめた。

「グウェン・キャサウェイのような女と結婚するのはごめんだね」リックはすかさず言った。「母さんが今、何を考えているか、口に出さなくてもわかるよ。妙な期待はしないでくれ」

「グウェンはいい子だわ」

「彼女は子供じゃない」

「それでも、いい子であることに変わりはないわ。

グウェンはシティガールなのに、ロマンチックな理想主義者なのね。わたしのカフェにも都会育ちの若い女性がよく来るけれど、彼女たちときたら、とてい人前では口にできないような話を平気でするのよ。まわりには、ほかのお客さんもいるのに」バーバラは唇を引き結んだ。「このあいだ、グレーンジがランチをとっていた隣のテーブルで、都会から来た女の子たちが男性の……だいじなところの話をしていたの」そこで軽く咳払《せきばら》いする。「グレーンジはたまりかねたように立ちあがると、〝寝室での出来事を人前で声高に話し合われては不愉快だ〟と言い放ってカフェから出ていったわ」

「彼女たちの反応は？」

「ひとりは大笑いしていたけれど、別のひとりは泣き出してしまったわ。もうひとりは〝世間知らずの田舎者は、もっと社会勉強するべきだ〟と文句を言っていたわね」バーバラがにやりとした。「といっても、グレーンジに面と向かって言ったわけじゃないわ。彼がいなくなってから、ぶつぶつ言っていただけ。グレーンジが苦言を呈しているあいだ、三人とも言葉を失っていたの。さいわい、彼女たちはじきにカフェから出ていってくれたわ。わたしにはお客様を選ぶ権利はないけれど、どうしても我慢できなくてカフェから出ていってもらった人が過去にひとりだけいるのよ」

バーバラは思考を過去から現在に引きもどした。

「実際、テーブルで交わされている会話の内容に閉口することがよくあるの。きわどい話をカフェで声高にするのは勘弁してほしいわ。それを不愉快に感じる人もいるんだから」

「思いが通じ合うこともある」リックは衝動的に母親を抱きしめた。「母さんのようにすばらしい人に育ててもらえたぼくは幸せ者だ」

バーバラも息子を抱きしめた。「わたしの人生が豊かなものになったのは、あなたのおかげよ」バーバラは息子の腕のなかで目を閉じて吐息をついた。

「夫のバートに先立たれたとき、わたしもあとを追って死のうかと思ったわ。ちょうど同じころ、あなたも両親を失ってひとりぼっちになった。あなたとわたしは、お互いを必要としていたのよ」

「そうだね」リックは身を引き、愛情のこもった笑みを浮かべた。「母さんは大変なお荷物を背負いこんだんじゃないかな。ぼくは問題児だったから」

バーバラがうめきつつ天を仰いだ。「ほんと、苦労させられたわ！　あなたが学校のなかでも外でも喧嘩《けんか》ばかりするものだから、わたしは校長先生に何度も呼び出されたのよ。学校の運営委員会に呼びつけられたこともあったわ。あなたを退学にするかどうか、その場で票決するとかで」バーバラが表情をこわばらせた。「ふざけた話だわ！」

「母さんは弁護士と一緒にそこへ乗りこんで、委員たちの度肝を抜いたそうだね。学校の運営委員会に弁護士を連れてくるなんて前代未聞だって、もっぱらの噂《うわさ》だった」

「あのときは無性に腹が立って、そうせずにいられなかったのよ」

「その話を聞いて、ぼくは心から反省したんだ」リックは言った。「それから生活態度を改めて、いい息子になれるようにがんばったつもりだ」

「そうね、あなたは警官になってから、夜間学校に通って学位をとったわ。サンアントニオ警察に配属されたあとも懸命に努力して、巡査部長にまでなった」バーバラがほほえんだ。「あなたのような息子を持ったことを誇りに思うわ！」

リックは育ての母をふたたび抱きしめた。「今のぼくがあるのは母さんのおかげだ」

「いいえ、あなたのたゆまぬ努力が実を結んだのよ。わたしはほんの少し後押しをしただけ」

リックは母親の額にキスをした。「ありがとう、母さん。いろいろと世話をかけたね」

「あなたはわたしのだいじな息子よ。愛しているわ」

リックは喉のつかえを払った。警察官という仕事がら、感情表現が苦手なのだ。「ぼくも母さんを愛しているよ」

バーバラは口元をほころばせたあと真顔になって、息子の黒い瞳の奥を探ろうとした。「亡くなったお母さんの過去を知りたいと思ったことはある？」

リックは眉をつりあげた。「まいったな！」それから眉間にしわを寄せて問い返す。「どうしてそんなことをきくんだい？」

「何か知らない？　お母さんが親しくしていた友人のこととか、あなたの義理のお父さんと結婚する前につき合っていた男性のこととか」

リックは肩をすくめた。「知らないな。母さんから友達や恋人の話を聞いた覚えはない。ぼくは打ち明け話をするには幼すぎたんじゃないかな」リックは静かな声で言った。「ぼくの本当の父親のことも、死んだと聞かされただけで、詳しいことは何も教えてもらえなかった。母さんは大人になりきる前にぼくを産んだんだ。過去に犯した罪の許しを請いたいと言って、告解をするために教会へ通っていたことだけはよく覚えている」リックは育ての母をじっと見た。「死んだ母さんのことをぼくに尋ねたのは、何か理由があってのことなんだろう？」

バーバラが唇を引き結んだ。「実はわたし、聞いてはいけないやりとりを耳にしてしまったの」

「どんなやりとりを？」

「キャッシュ・グリヤがランチをともにしていた連邦捜査官が、ドロレス・オルティスという名前を口にしたのよ。マチャド将軍がメキシコにいたころにつき合っていた女性だと言っていたわ」

2

「ドロレス・オルティス？」ナイフでトマトの皮をむいていたリックの手が止まった。「それは死んだ母さんの結婚前の名前だ」

「ええ」

リックは眉をひそめた。「事故で亡くなったぼくの母さんとエミリオ・マチャドがかつて恋愛関係にあったというのかい？」

「そう聞こえたわ」バーバラがうなずいた。「わたしは少し離れたところで、グリヤと捜査官が交わした会話の断片を耳にしただけだけれど」

リックは唇を引き結んだ。「ぼくの実の父親は、ぼくが生まれたころに死んだと聞いている。母さんがメキシコでマチャドに出会った可能性はなきにしもあらずだが、メキシコは広いからな」

「あなたとドロレスはソノラに住んでいたことがあるんでしょう？」バーバラが言った。「マチャドが働いていた農園もソノラにあったらしいわ」

リックはトマトを一つむき終わり、別のを手にとった。「それは単なる偶然じゃないかな」

「そうかもしれない」

「いずれにせよ、遠い過去の話さ。ぼくを産んだ母親はもうこの世にいないし、ぼくはマチャドに会ったこともない。過ぎし日のロマンスを今さらほじくり返して、なんになるっていうんだい？」

「さあ、わからないわ。でも、気になったのよ。自分の息子にかかわる話だったから」

「ああ」リックは育ての母をちらりと見た。「〝わたしの息子です〟と母さんにぼくを紹介されて、とまどう相手の反応を見るのは実に愉快だ。母さんはブロンドで色白なのに、ぼくは色黒で、一目でヒスパニック系とわかる顔立ちをしているから」

「あなたはとってもゴージャスよ」バーバラが、からかいめいた口調で言った。「あなたに恋の悩みを相談しに来る女性たちは、あなたとの結婚を真剣に考えるべきだわ」

リックはため息をついた。「ぼくと結婚したいと思う女性は、まずいないだろう。なにしろ、ぼくはつねに銃を携帯しているからな！」

「警察官は非番でも銃を持ち歩くものだわ」

「ごもっとも。とはいえ、銃を持っていなければ、あやまって人を撃つ心配をせずにすむ。それに、銃を携行していると、誰かを抱きしめるとき、ホルスターが邪魔になるんだ」

「その口ぶりからすると、あなたに銃のことで文句を言った女性がいるのね？」

リックはため息をつきながらうなずいた。「国選弁護人をしている女性に手厳しく言われたよ。〝あなたはキュートだと思うけれど、わたし、銃を持ち歩いている男性とはデートしない主義なの〟ってね。彼女は銃を毛嫌いしているんだ」

「わたしだって銃は好きじゃないけれど、クロゼットに護身用のショットガンがしまってあるわ」

「母さんはぼくが守る」

「あなたは普段サンアントニオにいて、ここにはいないじゃない。ひとりでいるときは自分で自分の身を守らないと。身の危険が迫ったとき、何もせずに保安官のヘイズ・カーソンが駆けつけてくれるのをじっと待っていたら、わたしは……無事ではいられないわ」

リックは、かつてバーバラに危害を加えようとした男のことを怒りとともに思い起こした。その男は自分を逮捕したリックへの恨みを、出所後にバーバラを襲うことで晴らそうとしたのだ。その日、非番だったヘイズ・カーソンがバーバラの家を訪ねたのは偶然だった。前科持ちの男は車を家の前に乗りつけ、銃をふりかざして玄関のドアを激しくたたきながら〝外に出てこい！〟と怒鳴った。その場に居合わせたヘイズはバーバラの代わりに外に出ると、男から銃を奪い、手錠をかけて留置場へ放りこんだ。その後、男は警察官への暴行と不法侵入、バーバラへの暴行未遂、銃器の不法所持、そして公務執行妨害の罪でふたたび刑務所送りになった。

リックはつらそうにかぶりをふった。「ぼくが刑事をしているせいで、母さんが危険な目に遭うなんて耐えられない」

「危ない目に遭ったのは一度だけだわ」バーバラが慰めるように言った。「カフェで注文したアップルパイに、アイスクリームがそえてなかったことを恨みに思ったお客さんが、うちへ押しかけてくるおそれだってあるんだから」

リックは口元をほころばせた。「自家製のアイスクリームをそえた母さんのアップルパイは最高だものな」

「それはそうと、そろそろ職場でセミナーが開かれる時期じゃない？」バーバラがきいた。

リックはうなずいた。

「差し入れにパイを何個か持っていったら？」

「みんなが喜ぶよ。ありがとう、母さん」

「どういたしまして」バーバラが唇をすぼめた。「グウェンはアップルパイが好きかしら？」

彼は母親をじろりと見た。「グウェンは職場の同僚だ。ぼくは同僚とはつき合わない主義なんだ」

バーバラがため息をついた。「わかったわ」

リックはトマトの皮むき作業を再開しながら考えた。これでは先が思いやられる。愛情豊かな母は、息子のぼくに早く身を固めさせたくてしかたがないのだ。だがぼくは、結婚相手は自分で決めるつもりだ。グウェンのように不器用でファッションセンスのない女と生涯をともにするのはごめんだ。原始人のように熊の毛皮を身にまとい、槍《やり》を掲げたグウェンの姿が脳裏に浮かび、彼はひとり笑いをもらした。

月曜日、職場にもどったリックは恒例の射撃訓練を受けに行った。射撃の腕には自信があるし、支給された銃の手入れも怠りなくしていたが、射撃訓練だけはどうしても好きになれなかった。

上司のカル・ホリスター警部補は射撃の名手で、百発百中の命中率を誇っていた。リックも九十パーセント以上の命中率を弾《はじ》き出していたが、パーフェクトを出したことは一度もない。ホリスター警部補と一緒に射撃訓練を受けると、いやでも実力の差を思い知らされて自尊心が傷ついた。

訓練場に入ったリックはグウェン・キャサウェイの姿を目にとめて、うめき声をもらすまいと努力した。グウェンがうっかり落とした銃が暴発し、警部補が命を落とすことになるかもしれない……。

「どうした？　妙なうなり声を出して」訓練前に愛用の四五口径の銃を点検していたホリスター警部補が淡々とした声できいた。

「ちょっとほかのことを考えていただけです」リックは答えたが、銃に弾を装填《そうてん》しているグウェンのほうへつい目が行ってしまった。

射撃訓練を受ける者は、目と耳に防具をつける決まりだった。自動拳銃に六発の弾丸をこめるのは、所定の位置についてからだ。ホルスターから慎重に取り出した銃は、安全装置をかけた状態で銃口を下に向けて持つ。銃に弾がこめられていなくても、銃口をターゲット以外の方向に向けることは許されないし、引き金に指をかけてもならない。所定の位置についてから安全装置をはずし、ターゲットに向かって発砲するのだ。

射撃において最も重要で難しいのは、引き金のしぼり方だった。引き金にかける力が強すぎても弱すぎても、目標を正確にとらえることはできない。射撃訓練場には、参加者の技能向上に役立てるためのグラフがあった。リックのグラフは上向きだったが、訓練場にホリスター警部補がいると、やりにくくてしかたがなかった。なるべくはち合わせしないよう気をつけているのだが、なぜか射撃訓練を受けるときはいつも上司と一緒だった。

ホリスター警部補がリックの視線をたどってグウェンを見た。彼女が不器用であることは、警部補も承知だ。警部補が唇を引き結び、グウェンを横目で見ながら小声で言った。「心配するな、マルケス。保険ならちゃんとかけてある」

リックは笑いをこらえて咳払《せきばら》いした。

警部補が準備を整えて所定の位置についた。豊かなブロンドの髪が太陽の光を浴びて淡い蜂蜜色に輝いている。警部補がグウェンに視線を投げた。「キャサウェイ刑事、準備はいいか？」訓練用の耳当てをつけながら問いかける。

グウェンがにこやかにほほえんだ。「オーケーです。いつでも開始してください」

教官が位置につき、発砲してよしというシグナルを出した。

ホリスター警部補は自信に満ち、リラックスしたようすで静かに笑うと、ターゲットに激しい銃撃を加えた。

不安げにグウェンを見守っていたリックの目に、信じがたい光景が飛びこんできた。グウェンは銃をかまえると、六発の弾丸をいともたやすくターゲットのど真ん中に撃ちこんだのだ。

リックは唖然《あぜん》としてしまった。

すべて撃ち終わったあと、グウェンは拳銃から引き抜いた弾倉をチェックして判定を待った。

「キャサウェイ刑事」一瞬のためらいのあと、教官が言った。「パーフェクトだ」

リックは上司と顔を見合わせた。

「ホリスター警部補」教官が笑みをこらえて言葉を継いだ。「命中率、九十九パーセント」

「そんなばかな!」警部補が大声で言った。「弾はすべて的の中心を撃ち抜いたはずだ!」

「一発だけ、ほんの少し中心をはずれたものがあったんです」教官の目がいたずらっぽく輝いた。「残念でした」

ホリスター警部補が腹立たしげに悪態をついた。グウェンが警部補につかつかと歩み寄り、淡いグリーンの瞳で上司をにらんだ。

「警部補、今の発言は不愉快です。今後、わたしのいるところでそういう言葉を使うのは慎んでください」グウェンは冷ややかに言った。

ホリスター警部補が赤面するのを見て、リックは緊張した。今にも警部補の雷が落ちそうだ。

ホリスター警部補は怒りを爆発させる代わりに、黒い瞳に笑みをたたえて新入りの刑事を見た。「きみに一本とられたな」警部補の声には愉快そうな響きがあった。「謝罪させてくれ」

グウェンは体の震えを抑えつつ、ごくりと唾をのみこんだ。「ご理解に感謝します」

そう言って立ち去りかけたグウェンに警部補が声をかけた。

「きみの射撃の腕は、なかなかのものだった」愛用の銃から弾倉を抜きながら警部補が言った。

「ありがとうございます」グウェンは笑顔で答え、口をぽかんと開けたまま眺めていたリックにひとこと言ってやろうと思ったが、喉元まで出かかった言葉をかろうじてのみこんだ。

彼女が立ち去ると、リックは止めていた息をついた。「グウェンは自分の足につまずくほど不器用なのに、射撃の腕は超一流だ」

「ああ、実にみごとだった」警部補がかぶりをふった。「マルケス、人は見かけによらないな」

「まったくです、警部補」

射撃訓練をすませたあと、リックはオフィスにもどった。廊下を通りかかったスーツ姿の男がふたり、リックのほうを見て言葉を交わし、オフィスの前で足を止めたが、ひとりが連れをうながして、ふたたび歩き出した。

何者だろう、とリックはいぶかった。

数分後、ゲイル・ロジャーズが眉間にしわを寄せてリックのオフィスに入ってきた。「妙だわ」

「何が？」パソコンで凶悪犯に関する情報をチェックしていたリックは、顔をあげずにきいた。

「スーツ姿の男がふたり、署へ来たのよ。あなたも見た？」

「連中なら、さっきぼくのオフィスをのぞいていったよ。何者だい？ 連邦捜査官か？」

「国務省から来たらしいわ」

リックは吹き出し、さも愉快そうに黒褐色の目をみはって同僚を見た。「ぼくを不法移民として捕まえに来たのかな？」

「冗談はやめてよ」

「悪い悪い。つい我慢できなくて」リックはゲイルに向き直った。「サンアントニオでは移民がらみの事件が多いから、国務省とも縁がないわけじゃない」

「それはそうだけど、うちとかかわりがあるのは、おもに移民帰化局だわ。ドラッグがからんだ事件で麻薬取締局が乗り出してくることもあるけど、あのふたりはワシントンから来たのよ」

「ワシントンＤＣ？」

「そう。今朝からずっと警部補と何やら話しこんでるわ。ランチにも一緒に出かけるみたい」

「なんの話をしているんだろう。見当はつくかい？」

ゲイルが首を横にふった。「マチャドの件で派遣されてきたんじゃないかって、みんな噂《うわさ》してる」

「マチャドは誘拐の罪で手配中だからな」リックは自分の実母が過去にマチャドとなんらかの関係があったらしいという話はしなかった。

「マチャドはアメリカにはいないわ」

「なぜそう断言できる？」リックは唇をすぼめてきいた。「刑事の勘ってやつかい？」ゲイルは犯罪に関することでは異常なほど勘が働くのだ。

「いいえ。裁判所で偶然キャッシュ・グリヤに会ってマチャドの話をしたの」

「グリヤはジェイコブズビルの警察署長だ」

「そう。グリヤの話では、ジェイソン・ペンドルトンの牧場の牧童頭が一時休暇をとったらしいわ。その理由はマチャドにあるとか」

「グレーンジのことだな」リックは牧童頭の名を口にした。「彼はたしか、グレイシー・ペンドルトンがマチャドの配下にさらわれて身の代金を要求されたとき、メキシコへ救出におもむいたはずだ」

「ええ。そのときマチャド将軍に気に入られたのね。グレーンジの身元を調査した将軍が、自分のもとで働かないかと誘いをかけてきたらしいわ」

リックは目をしばたたいた。「なんだって？」

「わたしもその話を聞いて、思わずグリヤに問い返したわ」ゲイルが笑った。「いかにもマチャド将軍らしいエピソードね。なんでも、将軍は今、配下の傭兵《ようへい》部隊の指揮をする人材を求めているんですって。米軍の少佐だったグレーンジに目をつけるのは、理にかなったことだわ」

「将軍はバレラに帰るつもりなのか」リックは考えこむように言った。「バレラはアマゾン流域に位置し、コロンビアとペルーとボリビアに国境を接している。スペイン語で〝壁〟を意味する〝バレラ〟という名にふさわしい国だ」

「〝バレラ〟にそんな意味があったとは知らなかったわ。わたし、二年間カレッジでスペイン語を学んだだけだから」ゲイルがおどけて言った。

リックは顔をしかめてみせた。

「それはともかく、グレーンジは民主主義と自由と人権のために闘うという大義名分が気に入って、将軍の誘いに乗ったの。今、メキシコで将軍と侵攻作戦を練っているところよ」

「エブ・スコットの後押しがあれば大丈夫だ」リックは言った。「彼のもとには、ジェイコブズビルの対テロ訓練センターで鍛えられた精鋭がいる」

「将軍は世界じゅうから有志を募っているみたい。元イギリス空軍特殊部隊員とか、南アフリカから来た隻眼の傭兵で、〝デッドアイ――射撃の名手〟と呼ばれるロークという男とか……」

「その男なら知っている」リックは言った。

「わたしも知ってるわ。いけすかないやつよ。噂では、ロークは元傭兵として名高いK・C・カンターの実の息子だとか」

「カンターが莫大《ばくだい》な財産を築いたのは、傭兵暮らしをやめてからだ。カンターの娘がドクター・マイカ・スティールと結婚してジェイコブズビルに住んでいる。モンタナのキャリスター家の誰かと結婚した名づけ子もいたはずだ」リックはそこで眉をひそめた。「それにしても、マチャド将軍は革命のための資金をどこで調達したんだろう？」

「グレイシーは身の代金なしで解放されたけど、兄のジェイソンの場合はそうはいかなかったわ。グレイシーは自分の信託財産からジェイソンの身の代金を支払ったのよ。忘れたの？」

「そういえばそうだった」

「それで大金が手に入ったから、活動資金は充分あるはずよ。麻薬王フエンテスの組織が崩壊したとき、国境を越えて逃げてきた残党を保護するという名目でお金を巻きあげたらしいわ」

「自分たちの縄張りにもどってきた連中に金を要求したのかい？」

「組織の残党が要求された金額をおとなしく支払ったのは、将軍を敵にまわしたくないからよ」ゲイルが笑った。「彼って、とびきりのハンサムなのよね」思案顔でつぶやく。「以前、マチャド将軍の写真を見たことがあるわ。噂によると、将軍はいい人みたい。女性をたいせつにして、ギターがじょうずで、天使のような歌声の持ち主だとか」

「才能豊かなんだな」

「それで配下の士気があがるわけでもないけど」ゲイルがため息をついた。「メキシコ政府が強硬な姿勢をとっているから、国務省も平静ではいられないでしょうね。メキシコとしては、自国内にいるマチャドが傭兵を雇い、南米の独立国に攻め入ろうとしていることが気にくわないのよ」

「だからって、アメリカに抗議しても意味がないだろう？　我々はマチャドを支援しているわけじゃない」リックは指摘した。

「マチャドが潜伏しているのは、アメリカとメキシコの国境地帯なのよ」

「マチャドをなんとかしろとアメリカに要求する前に、メキシコ政府は国境地帯を根城にしている麻薬密売組織をどうにかするべきだ。武装した私兵に守られた運び屋が、国境を越えてどんどんアメリカに入ってくるんだから」

「メキシコは何もしないでしょうね」

「そうだろうな。マチャドの件があるにしても、なぜ国務省の職員がここまで出張ってくるんだい？　サンアントニオは国境の町じゃない」リックは窓の外を指さした。「車で三時間かけて南下しなければ、メキシコとの国境にはたどりつけない」

「わたしもそのことを疑問に思ったから、キャッシュ・グリヤをつついて情報を引き出そうとしたの」

「何かわかったかい？」

「いいえ、何も。グリヤは何一つ情報をもらしてくれなかったわ」ゲイルが厳しい顔で言った。「そこで一番上の息子に頼んで、保安官のヘイズ・カーソンから話をきき出してもらったの。あの子はヘイズと仲がいいから」

「で、何かきき出せたのか？」

ゲイルが下唇を噛《か》みしめた。「断片的なことだけ」そう答えてから、気遣わしげな目でリックを見る。他人にはもらさないと誓った以上、ヘイズ・カーソンから引き出した情報をここでもらすわけにはいかない。「残念ながら、確かなことは何もわからなかったわ」

「そのうちわかるさ」

「たぶんね」

「バレラへの侵攻作戦は、いつ実行に移されるのかな？　知っているかい？」

「具体的なスケジュールは明らかにされてないわ」ゲイルがため息をついた。「でも、決行されたら大騒ぎになるでしょうね。国務省が懸念を抱くのも無理ないわ。革命をおおっぴらに後押しするわけにもいかないし……」

「情報機関がひそかに支援することはできる」

アメリカに友好的な政府が南米に樹立されるなら、中央情報局《CIA》のような組織が支援に乗り出すだろう。

「たしか、キルレイブンがかつてＣＩＡで働いていたはずだ」リックはつぶやいた。「彼から何かきき出せるかもしれない」

「しばらく成り行きを見守ったほうがいいんじゃないかしら」ゲイルが警告するように言った。「いずれ事情はわかると思うわ」

「だろうな」リックはゲイルを見た。「それはそうと、今朝、射撃訓練場で何があったか知っているかい？」

ゲイルが目を輝かせた。「もちろん！　署内の誰もが噂してるわ。我らのルーキーが警部補に撃ち勝ったそうね」

「ワンポイント差で勝ったんだ」リックはにやりとした。「信じられるかい？　鉢植えに倒れこみ、検証中の現場で証拠を踏みつけそうになったあのグウエンが、西部開拓時代のガンマンみたいに撃ちまくったんだぜ」リックはそこでかぶりをふった。「グウェンが銃を撃ちはじめたとき、ぼくは心配で気が遠くなりそうだったが、実にみごとな腕前だった。ほとんど狙いもつけず、一発もはずすことなくターゲットのど真ん中を撃ち抜いたんだから」

「警部補もいさぎよく負けを認めたみたいね。ランチのあと、警部補が一輪のピンクの薔薇《ばら》をグウェンのデスクの上に置くのを見たわ」

リックは眉をひそめた。「警部補が？」

ホリスター警部補は妻に先立たれ、今はひとりだ。妻の思い出話をしないので、なぜ亡くなったのかはわからない。親しくつき合っている女性もいないようだ。その警部補がグウェンに薔薇を贈ったという。まだ若く純真で、感受性の強いグウェンに……。

「ねえ聞いてる？　警部補がしたことはセクハラとみなされるのかしらって質問したのよ」

「驚いたな！　ホリスター警部補がグウェンに花を贈ったなんて」

「意外ではあるけど、男に花を贈ったわけじゃないんだから」

「ぼくは以前、キルレイブンに花を贈ったことがある。ぼくに瀕死《ひんし》の重傷を負わせ、裏通りに放置していった男を取り押さえてもらったお礼にね」リックは冗談めかして言った。

ゲイルはあきれたようにため息をつき、封を切っていないたばこをポケットから取り出した。「昔みたいにたばこが吸いたいわ。子供たちに言われて、しかたなく禁煙したんだけど」

「禁煙したのに、たばこを持ち歩いているのか？」

「持ってると心が落ち着くの。といっても、吸うつもりはないわ。核戦争か何かが勃発したら、禁を破って吸うかもしれないけど」

リックは思わず吹き出した。「罰当たりだな」

ゲイルが腕時計に目をやった。「そろそろ仕事にもどらないと」

「国務省から来た連中のことで何かわかったら教えてくれ。いいな？」

「了解」

笑顔で応じたゲイルは、罪の意識を覚えつつリックのオフィスをあとにした。許されるものなら、リックに真実を打ち明けたかった。心の準備をしておくように忠告するだけでもよかった。リックはいずれ、衝撃的な事実を知るだろう。彼にとって、つらい事実を……。


「せっかくコーンビーフとキャベツを使った料理を作ったのに」バーバラは嘆いた。金曜の午後、〝今夜はうちへ帰れそうにない〟という電話がリックからかかってきたのだ。

「ぼくの好物を作ってくれたのに、帰れなくなってごめん。でも、今夜は部下と一緒に張りこみをする予定なんだ」リックはそこでため息をついた。「グウェンが、またへまをしないといいんだが」

「そう悲観的になるものじゃないわ」バーバラは少し間を置いて言葉を継いだ。「明日、張りこみ明けにグウェンをうちへ連れてきたら？　コーンビーフは一日ぐらい置いておいても大丈夫だし、キャベツ料理は新しく作り直すわ」

「グウェンは職場の同僚だ。ぼくは同僚とはデートしない主義なんだ」

「ホリスター警部補もそうなの？」バーバラがからかうような口ぶりできいた。「聞いたわよ、警部補が一輪の薔薇をグウェンのデスクに置いておいたんですって？　なんてロマンチックなのかしら！」

リックは歯ぎしりした。その話を聞かされるのは、もううんざりだ。

「あなたも一輪の薔薇をグウェンのデスクに置いてみたらどう？」

「ぼくが薔薇を贈るのは、彼女が解雇されるときだけだ！」リックは声を荒らげた。

バーバラが息をのみ、しばらくして電話が切れた。リックが育ての母を怒鳴りつけたのは、これが初めてだ。

リックはうめき、母親に電話をかけ直したが、呼び出し音がむなしく鳴り響くばかりだった。「頼むから電話に出てくれ。ぼくが悪かった……」

「もしもし？」バーバラの硬い声がした。

「母さん、すまない。母さんを怒鳴りつけるつもりはなかったんだ。本当だ。明日は必ずうちへ帰って、コーンビーフとキャベツのランチを食べるよ。さっきの暴言はとり消す。ひとこと残らず」電話の向こうで沈黙が流れた。「母さんに一輪の薔薇を贈るから、許してもらえないかな？」

バーバラが声をたてて笑った。「しかたないわね、許してあげる」

「母さん、本当にごめんよ。このところ、目がまわるほど忙しかったものだから……。といっても、母さんに暴言を吐いた言い訳にはならないな」

「そのとおりよ。でも、もう怒ってないわ」

「母さんは優しいな」

バーバラが笑った。「あなたも優しい子よ。愛しているわ。明日、ランチタイムに会いましょう」

「おやすみ」

「くれぐれも気をつけてね」バーバラがまじめな口調で言った。「どれほど口の悪い息子でも、もしものことがあったら困るから」

「今後は心を入れ替えると誓うよ。それじゃ、また明日」

「ええ、また明日」

リックは電話を切って大きなため息をついた。なぜ母と話していて癇癪《かんしゃく》を起こしたのか、自分でもわからない。そろそろ休暇をとるべきだろうか。刑事の仕事を愛しているリックは、強制されないかぎり休みはとらなかった。殺人課の巡査部長として八名の部下を指揮し、さまざまな事件を解決することに生きがいを感じているのだ。大量のデスクワークもそつなくこなし、上司への報告も怠らない。それでもしばらく休みをとって、とがった神経をやわらげたほうがいいかもしれない。来週、警部補に相談してみよう、とリックは思った。だが今は、しなければならないことがある。

グウェンはダウンタウンで発生した女子大生殺人事件の担当になった。それは奇妙な事件だった。被害者の女子大生は、自室で刺殺体となって発見された。殺害現場のアパートメントのドアや窓はすべて施錠されていて、侵入者と争った形跡もなかった。被害者は若く美しい女性だが、つき合っている男性はいなかった。敵がいるわけでも、遊び好きでもなく、静かな生活を送っていた。

グウェンはなんとしても犯人を捕まえたかった。証拠品のデジタルカメラに残された写真に不審人物が写っていたことはマルケス巡査部長に報告済みだった。目下、全力をあげて、その人物を割り出そうとしているところだ。

だが、今夜の張りこみはその事件とは無関係で、公道で警官に発砲した男の動静を探るのが目的だった。銃撃された警官は重傷を負ったが、なんとか命だけはとりとめた。容疑者は仲間の手引きで低所得者用アパートメントにひそんでいるという密告があり、現場へ急行したものの、そこに容疑者はいなかった。リックは張りこみをして容疑者が姿を現すのを待つことにしたが、金曜の夜ということもあり、独身の若い刑事たちは時間外勤務をいやがった。夜勤の刑事たちも別の事件を抱えているとかで、張りこみには協力してくれなかった。しかたなく、リックはグウェンとテッド・シムズ巡査と三人で張りこみをすることにした。シムズ巡査はまだ若いが仕事熱心で、刑事になるという夢に近づくために張りこみに志願したのだ。

三人はダウンタウンにある古びた建物の一室に陣取って、路地の向こうのみすぼらしいアパートメントを見張っていた。明かりを消した部屋には、望遠鏡とビデオカメラと盗聴器のほかに、眠気ざましの大量のブラックコーヒーまで持ちこんである。

「ピザが食べたいな」シムズ巡査がため息をついた。

リックもつられてため息をもらした。「同感だ。だが、ピザの匂いが外にもれて、容疑者が張りこみに気づくおそれがある」

「問題の部屋の前にピザを置いて、容疑者がうまそうな匂いにつられて出てきたところを捕まえるという作戦はどうかな」シムズ巡査がつぶやいた。

「そんなことを思いつくのは、そのボトルに水以外の何かが入っているからじゃないの？」グウェンがグリーンの瞳をきらめかせた。

シムズが渋い顔をした。「残念ながら、水しか入ってません。ああ、冷たいビールが飲みたいな」

「黙れ」リック・マルケスがうめいた。「ビールが飲みたいのは、おまえだけじゃない」

「キャサウェイ刑事に近所のコンビニからビールを半ダース押収してきてもらいましょう」シムズ巡査が冗談を言った。「衛生法違反とかなんとか言って、オーナーを脅せばいい」

　グウェンが冷ややかな目で巡査を見た。「盗みは働かないわ」

　リックはシムズをにらみつけた。「絶対にだ」

　シムズ巡査が赤面して両手をあげた。「本気にしないでください、ただのジョークです！」

「つまらない冗談だわ」グウェンがまじろぎもせず言った。

「まったくだ」リックは怒りを抑え、けわしい顔で同意した。「宣誓して警察官になったなら、そんな台詞《せりふ》は口にするな」

「申し訳ありません」シムズ巡査がごくりと唾をのみこんだ。「謝罪します。悪い冗談でした」

　グウェンは肩をすくめた。まだ若いせいか、シムズは警察官としての自覚がたりないのだ。「張りこみに駆り出されたおかげで、金曜に欠かさず見ているSFドラマを見そびれそう」グウェンがうめいた。「なんだか落ち着かないわ」

「あのドラマなら、ぼくも見ている」リックは言った。「なかなかいい番組だ」

「録画しておけばよかったのに」シムズ巡査が言った。「レコーダーを持ってないんですか？」

　グウェンがうなずいた。「わたし、貧乏だからレコーダーを買うお金がないの」

　リックはグウェンをにらんだ。「アメリカ南西部の警察署のなかでは、サンアントニオ警察の待遇が一番いいんだぞ。特別手当もあるし、必要経費だって支給される。公用車も……」

「わたしは毎月、給与のなかから家賃と保険料と公共料金と車のローンを支払っているの。銃の弾丸だって、自分で買わなきゃならないわ」グウェンがぶつぶつ言った。「贅沢《ぜいたく》をする余裕なんてあると思う?」そう言ってリックをにらむ。「この半年、職場へ着ていくスーツを新調することさえできなかったのよ。今着ているこのスーツだって、虫に食われて穴があいているんだから」

リックは両眉をつりあげた。「手持ちのスーツはそれ一枚きりじゃないだろう」

「わたしが持っているのは、スーツ二着にブラウス十二枚、靴が六足……その他もろもろよ」グウェンが言った。「乏しいワードローブのなかからコーディネートを考えるのは、もううんざり。わたしはオートクチュールのすてきな服がほしいの!」

「幸運を祈るよ」リックは言った。

「運だけじゃ、衣装持ちにはなれないわ」

「あの男、容疑者じゃありませんか?」望遠鏡をのぞいていたシムズ巡査が不意に問いかけた。

3

リックとグウェンはシムズ巡査がいる窓辺に歩み寄った。路地の向こう側にいる男をリックが望遠カメラで撮影し、その映像を小型のパソコンにとりこんで、顔認識ソフトで容疑者と比較する。

「顔の特徴が容疑者と一致した。我々がさがしている男だ」リックは言った。「逮捕するぞ」

三人は階段を駆けおりて、リックにあらかじめ指示されていた位置にすばやく展開した。

容疑者とおぼしき男は包囲されたことに気づいていないらしく、あくびをしながらバス停横の歩道に立った。

「今だ」リックが指示した。

猛然と駆け寄ってくる三人を見た男は驚き、逃げ出そうとしたが、すでに手遅れだった。リックは男にタックルをくらわせると、背中にまわした両手首に手錠をかけて、男の悪態に笑いをもらした。

「おれは何もやってねえ！」男が叫んだ。

「やってないなら、逮捕されても心配ないさ」

男は、ただうめくばかりだった。

「みごとなタックルでした」張りこみのために借りた部屋に運びこんだ機材をかたづけながらグウェンは言った。逮捕した容疑者は、シムズ巡査が署へ連行した。

「ありがとう。こういうときのために、つねに体を鍛えているんだ」

グウェンはリックのほうに目を向けようとしなかった。それでも、彼の男性的な魅力を意識せずにいられない。

「このあいだ、きみの射撃訓練を見せてもらったが、実にみごとだった」

グウェンはうれしそうにほほえんだ。「ありがとうございます」そこで視線をあげる。「わたしにも一つは取り柄があったということですね」

「ほかにも隠された才能があるかもしれないな」

グウェンはバッグを肩にかけた。「今夜はもう帰っていいでしょうか？」

「ああ。報告書はぼくが書くから、きみは後日それに署名してくれ。今日、母に暴言を吐いてしまったから、うちへ帰ってその埋め合わせをしないと」

「お母様はとてもいい方ですね」

リックが眉をひそめてグウェンをふり返った。

「なぜわかる？」

「殺人事件の裁判の証人に事情聴取したとき、ジェイコブズビルに立ち寄って、お母様のカフェでランチをとったんです。ジェイコブズビルには、中華料理店とあのカフェしかないんですね。わたし、お母様の手作りアップルパイの大ファンになりました」

グウェンは赤面した。「ごめんなさい。詮索するつもりはなかったんです」

リックが肩をすくめた。「かまわないさ、誰もが知っていることだ。ぼくはメキシコのソノラで生まれた。実の母と義理の父は、ぼくがよちよち歩きをはじめたころアメリカへやってきて、ジェイコブズビルに住みついたんだ。義理の父は地元の牧場で働いていた」

「どんな仕事をしていらしたんですか？」

「馬の調教だ」義理の父親のことは思い出したくないのか、冷ややかな言い方だった。

「わたしの叔父もワイオミングの牧場で働いていました。もう亡くなりましたが」

彼が探るような目でグウェンを見た。「ワイオミング？　きみはアトランタから来たんだろう？」

「出身地は違います」

リックは彼女が先を続けるのを待った。

気になる上司の母親の顔を見に行ったのだと思われないよう、最後にひとこと言いそえる。

「そうか」

「お母様は長いことカフェをやっていらっしゃるのかしら？」

リックがうなずいた。「カフェをオープンしたのは、ぼくを養子にする数年前のことだ。実の母が短期間カフェの厨房《ちゆうぼう》で働いていた」

「本当のお母様は、お元気ですか？」グウェンはバッグに入れた車のキーをさがしながらきいた。

「ぼくが十三になる直前に、母は義理の父と一緒に交通事故で死んだ。ちょうど同じ時期に夫を亡くし、おなかの子を流産したバーバラが、身寄りのないぼくを引きとって育ててくれたんだ。実の母を通じて、ぼくのことを知っていたから」

グウェンは咳払《せきばら》いして言った。「我が家のルーツはモンタナにあるんです」

「モンタナか。遠いな」

「ええ。でも、両親はわたしが幼いころメリーランド州に引っ越しました」

「じゃあ、海が恋しいだろうな」

「ええ、とっても。両親と一緒に暮らしていた家が、海のすぐそばにあったので。仕事についてからは、命じられるままいろいろなところへ……」グウェンは言葉をのみこんだ。

リックが眉をつりあげた。「アトランタ警察の仕事で国じゅうを飛びまわっていたのかい？」

「そうじゃなくて、アトランタのいろいろな場所へ行ったという意味です」

「ふうん」

「よそで働いていたこともあります」グウェンは失言の埋め合わせをしようとした。「わたし、アトランタ警察に入る前、二年ほど危機管理会社に勤務していたんです。それが出張の多い仕事で」

「危機管理会社でどんな仕事をしていたんだい？」

「セキュリティ・コンサルタントのようなことをしていました」それは真実ではなかったが、根も葉もない嘘《うそ》でもなかった。グウェンは腕時計に目をやった。「いやだ、もうこんな時間？　お気に入りのテレビ番組がはじまるわ！」

「それは大変だ」リックが乾いた声で言った。「今夜はもう帰っていいぞ」

「思ったより早くけりがつきましたね」グウェンは戸口へ向かいながら言った。「へたをすると、何日も張りこみをするはめになるのに」

「まったくだ。車はすぐ近くに停《と》めてあるのか？」

グウェンは建物の入口のステップをおりたところでふり返った。「通りの反対側に停めてあるから大丈夫です」リックが〝車のところまで送っていこう〟とそれとなく申し出てくれたことは、グウェンにもわかった。マルケス巡査部長は紳士なのだ。

リックがうなずいた。「また月曜に会おう」

グウェンはほほえんだ。「はい」

上司に背を向けて歩み去ったとき、彼女の心臓は早鐘のようにとどろいていた。グウェンはひそかに悪態をついた。さっきはついうっかり口を滑らせて、自分の正体を暴露してしまうところだった。


バーバラは一日早く帰宅した息子をいつもの笑顔で迎えたが、その瞳はどこか悲しげだった。

「帰ってくるのは明日だと思っていたわ」

家に入って母親をきつく抱きしめたリックの耳に、押し殺したような泣き声が届いた。「ごめんよ」育ての母の耳元でささやく。「ぼくのせいで母さんにいやな思いをさせてしまった」

「あら」バーバラが涙に濡《ぬ》れた目を押さえながら身を引いた。「子供は親を泣かせるものだわ」

リックはほほえんだ。「そんなことはないさ」

「コーヒーでも飲む？」

「もちろん！」リックは即答した。スーツの上着を脱いでネクタイをゆるめながら母親のあとについてキッチンへ行き、ダイニングチェアの背に上着をかけて腰をおろす。「張りこみをしているあいだ、コンビニのコーヒーしか口にできなかったんだ」リックは顔をしかめた。「ひどい味だったよ」

バーバラがコーヒーをいれながら声をたてて笑った。「本当においしいコーヒーを提供しようとしたら、採算が合わないいんじゃない？」

「そうだろうな」

「容疑者は捕まえたの？」

「ああ、捕まえた。新しい顔認識ソフトが役に立ったよ。一発で容疑者だと断定できた」

「テクノロジーも進歩したわね。どこもかしこも監視カメラだらけだわ。空港ではボディチェックをされるし……」バーバラが息子をふり返った。「最新のテクノロジーは、わたしたちに安心感を与えるために導入されたんじゃないの？」

「安心感を与えるだけじゃなくて、人々の生活をより安全なものにするために導入されたんだ。テクノロジーが進歩したおかげで、犯罪者が法の網をくぐり抜けることが難しくなった」

「でしょうね」バーバラがカップと受け皿をとり出した。「アップルパイを作ったんだけれど……」

「食べるかどうかきかなくても、ぼくの返事はわかるだろう。うちへ帰る前に口にしたのはハンバーガーだけなんだ」

「ファストフードが主食なのね」

「仕事が忙しくて、ちゃんとした食事をとる暇がないんだ。今は何人もの部下を抱えている身だから」

バーバラが笑顔で息子をふり返った。「あなたが巡査部長になって、わたしも鼻が高いわ。昇進試験のために猛勉強したものね」

「これほどデスクワークが多いと知っていたら、勉強する意欲がそがれたかもしれないな。今は巡査部長として八名の部下を監督する立場にある。担当した事件の公判日程を考慮しつつ、緊急事態の発生にも備えなければならない……。ひらの刑事でいたころのほうが、ずっと気楽だったよ」

「それでも警察の仕事が好きなんでしょう？」

「ああ」リックは認めた。

バーバラはアップルパイを切りわけて自家製のアイスクリームをそえ、ブラックコーヒーと一緒に息子の前に置いてから向かい側の席についた。クロスをかけたテーブルに両肘を立て、てのひらの上に顎をのせて、おいしそうにパイを食べる息子を満足げに眺める。

「母さんも料理は好きだろう？」

バーバラはうなずいた。「自立した女なら、建築デザインの仕事をしたり、会社の経営者になって部下を怒鳴りつけたりするべきかもしれないわね」

「母さんは自分のしたいことをすればいいさ」

「わたしは自分のしたいことをしているわ」

「本当に腕のいい料理人には、めったにお目にかかれない」リックはパイをきれいにたいらげ、コーヒーカップを手にして椅子の背にゆったりと寄りかかった。「おいしかったよ、ごちそうさま!」

「ありがとう」

リックはコーヒーに口をつけた。「コーヒーの味も最高だ」

「お世辞がじょうずね。ごほうびにパイをもうひと切れあげましょうか?」

リックはくすくす笑った。「今夜は遠慮しておくよ。もう満腹だ」

「たまには休暇をとったら?」

「そのつもりだ。クリスマスイブに休みをもらえるよう申請しておいた」

バーバラが息子をにらんだ。「ひと晩だけ仕事を休むことを休暇とは言わないわ」

リックは眉をひそめた。「そうかな?」

「人生には、仕事よりもっとたいせつなことがあるはずよ」

「時間があるとき、人生について考えてみるよ」

「それはそうと、今日のニュースは見た?」

「いいや。どうして?」

「国境地帯で発生した事件の特別レポートをやっていたの。フエンテスの弟が、大量の麻薬をメキシコから持ちこもうとしたのよ。武装した私兵と国境警備隊が銃撃戦をくりひろげたらしいわ」

リックはけわしい顔をした。「またか。その問題は誰にも解決できそうにないな。麻薬をほしがる者がいるから、密売人を一掃できないんだ。需要がなくならないかぎり、供給も止まらない」

「運を天にまかせるしかなさそうね」バーバラがうつろな笑いをもらした。「麻薬の需要がなくなる日が来るとは思えない」

「同感だ」

「逮捕された運び屋の供述によると、エミリオ・マチャド将軍がバレラへ侵攻するために兵を募っているらしいわ」

「メキシコ政府はそれを快く思っていないようだ。マチャド将軍の挙兵を阻止しようとしないアメリカ政府に怒りの矛先を向けてきた」

「本当に？」バーバラが声をはりあげた。「ほかに何か知っている？」

「詳しくは知らない。ぼくがこれから話すことは誰にも言わないと約束してくれ」

バーバラがにこりとした。「わたしは口が堅いから大丈夫。話を聞かせて」

「今日、国務省の職員が署へやってきて、ホリスター警部補と話をしていった。何を話し合ったのかはわからない」

「国務省ですって！」

「国務省はつねに外国政府の動向を探っている。国際情勢に詳しい連中なら、事の真相を知っていたとしてもおかしくないさ」

「マチャド将軍の件には、国務省とは別の機関が乗り出してくると思っていたわ。だって、将軍は海外で軍事行動を起こすためにアメリカ人を雇おうとしているんでしょう？」

リックは両眉をつりあげた。

「論理的に推理したつもりだけれど、違ったかしら？」バーバラがきいた。

「母さんの推理は間違ってない。そういった組織に潜入するのは、たいていＦＢＩかＣＩＡの対テロ要員だ」

「潜入して殉職する人もいるみたいね」バーバラが苦渋に満ちた表情を浮かべた。「ＣＩＡやＦＢＩに限らず、潜入捜査に当たる人はみんな、大きなリスクを負っていると聞いたわ」

「軍にも対テロ部隊がある」リックは答え、冷めかけたコーヒーに口をつけた。「やりがいのある仕事だろうな」

「でも、危険だわ」

リックはほほえんだ。「危険は危険だろうが、このうえなく愛国的な仕事だ。民主主義を侵害しようとする外国の工作員と渡り合うんだから」

「将軍を追放したバレラの国土には、莫大《ばくだい》な量の石油と天然ガスが眠っているんでしょう？」

「そうらしい。それに、バレラは戦略的に重要な地点に位置している。マチャド将軍は、社会主義や共産主義より資本主義に共感しているようで、アメリカにも友好的だ」

「それは将軍にとってプラスになるわね。グレイシー・ペンドルトンから聞いた話だけれど、将軍は天使の歌声の持ち主だとか」

「その話なら前にも聞いた」

「そうだったわね」電話での別のやりとりを思い起こしたバーバラの顔が曇った。

リックはテーブル越しに腕を伸ばし、母親の手をてのひらで包んで優しく言った。「ごめんよ、母さん。母さんに暴言を吐くなんて、今日のぼくはどうかしていたんだ」

「ほんと、どうかしていたわ」リックが激昂《げっこう》したのは、ホリスター警部補がグウェンに薔薇《ばら》を贈った話をしたあとのことだ。バーバラはその事実をあえて指摘することなく笑顔で息子に問いかけた。「コーヒーを温め直しましょうか？」

グウェンはお気に入りのＳＦドラマの予告編に気

をとられ、うわの空で電話に出た。

「もしもし？」つぶやくような声で言う。裸眼ではテレビの画面が見えないので、いやでも眼鏡をかけなければならない。

「キャサウェイ、状況に変化はないか？」

グウェンは驚いて座り直した。「ボス！」

「そうかしこまらないでいい。今、妻とふたりでパーティーに出かけるところなんだが、経過報告を聞きたくて電話したんだ」

「ほとんど進展なしです」グウェンは長袖のTシャツにジーンズというでたちで、素足のままソファの上で体を丸めた。「申し訳ありません。例の件について彼がどのていど知っているか、それとなくき出すことができないんです。わたし、彼に嫌われているみたいで……」

「まさか、そんなはずはない。キャサウェイ、きみはいい子だ」

グウェンは苦い顔をした。

電話の向こうで上司が咳払いした。「すまん、今のは失言だったな。差別的だと思われないよう注意しているつもりなんだが、わたしのように古い人間は、今どきの考え方についていくのに苦労するよ」

グウェンは笑った。「ボスなら大丈夫です」

「難しい任務だと思うが、これはきみにうってつけの仕事なんだ。きみは人あしらいがうまいからな」

「わたしとは違うタイプの女性のほうが、いい結果を出せたんじゃないでしょうか」グウェンは慎重な言い方をした。「もっと男性とのつき合いにオープンな女性のほうがよかったのではないかと……」

「冗談だろう？　マルケスは頑固で融通のきかない堅物だぞ！　そんな男に色じかけを使っても、拒絶されるだけだ」

グウェンはやや緊張をといた。「確かに、彼は見るからに頑固そうですね」

「マルケスはタフで愛国的で、上役にさからっても正義をつらぬく男だ。人一倍ガッツもある。なにしろ、ある政治家に面と向かって、〝殺人事件の捜査の邪魔をするな。この事実がマスコミにもれたら後悔するぞ〟と言ってのけた男だからな」

グウェンは愉快そうに笑った。「その顛末《てんまつ》が書かれた記事を読みました」

「あれほど大胆不敵になれるのは、自分に後ろ暗いところがないからだろう」上司が言葉を継いだ。

「相手がそういう男だから、きみにこの任務を課したんだ。わたしの選択は間違っていない。きみはマルケスの信頼を得るよう努力してくれ。メキシコでの事態が緊迫してきているから、あまり悠長にはしていられない。マチャド将軍が事を起こす前に万全の準備を整える必要がある。将軍は我々に好意的だ。敵にまわしたくはない」

「でも、支援はできない」

上司がため息をついた。「そうだ。支援はできない。おおっぴらにはな。我々は今、国際的に微妙な立場にあるから、内政干渉とみなされそうなことはできない。だが、介入できる立場にある人物を背後から動かすことは可能だ。リック・マルケスは、エミリオ・マチャドと我々を結ぶ鍵になるだろう」

「出生の秘密を知ったら、彼はひどいショックを受けるでしょう」グウェンは気遣わしげに言った。

「わたしが得た情報はわずかですが、彼は自分とマチャドの関係にまったく気づいていません」

「それは困ったな。今後の展開が難しくなりそうだ」上司が電話の送話口を手で覆い、誰かと言葉を交わした。「すまない、妻の支度が整ったようだから、そろそろ出かけないと。最新情報が入ったら教えてくれ。用心を怠るなよ。我々は今、有利な立場を築こうと努力しているが、我々が大失態を演じるのを心待ちにしている連中もいる。バレラに足がかりを得るためなら、やつらはどんなことでもするだろう。どこの国がどういう目的でバレラを狙っているかは、言わなくてもわかるはずだ」

「はい」グウェンは肯定した。「ベストをつくして任務を遂行します」

「きみは手抜きができないたちだからな」上司の声には部下への愛情らしきものがこもっていた。「楽しい夜を過ごしたまえ。また連絡する」

「はい」

上司との話を終えたグウェンは、手のなかの携帯電話をじっと見た。なんだか背中がぞくぞくしてきた。責任重大だわ。わたしは駆け出しの新人ではないし、初めて難しい任務を課されたわけでもない。とはいうものの、仕事に個人的な感情を持ちこんだのは初めてだった。リック・マルケスに対するグウェンの思いは複雑で、日ごとに大きくふくらんでいった。彼のことを心配しすぎてはだめだとわかっていても、心配でたまらない。彼にそれとなく事実を伝える方法はないだろうか。ジェイコブズビルの警察署長のキャッシュ・グリヤに相談したら、いい解決策を打ち出せるかもしれない。グリヤはリック・マルケスの知り合いで、潜入捜査をした経験もあるから、相談してみる価値はある。

非番の金曜の朝、グウェンは外国産の小型中古車に乗ってジェイコブズビルをめざした。

キャッシュ・グリヤは署内にあるオフィスの前で、笑顔で彼女を迎えてくれた。それから先に立ってオフィスに入り、グウェンに椅子を勧めながらドアを閉め、鍵をかけてブラインドをおろす。

グウェンは苦笑した。「そこまでやるなんて、並はずれた用心深さですね」

グリヤがほほえんだ。「盗聴されているおそれがあるとき、ぼくは電話にクッションをかぶせることにしている。一九三〇年代、ナチスに支配されたドイツで、ある大使の一家が用心のためにそうしていたんだ。ナチスの秘密国家警察の長官の前でも、彼らは同じことをしたそうだ」

グウェンは椅子に腰かけながら眉をつりあげた。

「知りませんでした」

「ヒトラーが権力を掌握した経緯と、一九三〇年代のドイツの急激な変化をアメリカ人の目を通して書いた新刊書から得た知識だ」グリヤが椅子に座り、ブーツをはいた大きな足をデスクの上にひょいとのせた。「ぼくは第二次世界大戦史にとても興味があるんだ。ヨーロッパ戦区に関する本や、パットン将軍やロンメル元帥、モンゴメリー子爵の伝記は、自宅の部屋の壁を埋めつくせるほど持っている」グリヤは第二次世界大戦で戦った有名な軍人たちの名をあげた。「戦術について読むのが好きでね」

「いっぷう変わった趣味ですね。あなたは単独で行動することが多かったんでしょう？　お目付け役がつくときは別にして」グウェンは冗談めかして言った。若いころ、キャッシュ・グリヤが狙撃手だったことは公然の秘密なのだ。

グリヤがくすくす笑った。「確かに、変わった趣味かもしれないな」

「わたしも歴史は好きですが、戦史より政治史に興味があります」

「きみが今日ここへ来た理由も政治がらみというわけか」グリヤが笑みを浮かべた。

グウェンは一つ大きく息を吸って身を乗り出した。「わたしはあまり楽しいとは言えない任務をおびてサンアントニオへやってきました。リック・マルケスにかかわる任務です」

グリヤが真顔でうなずいた。「知っている。きみが所属している機関の上層部にコネがあるから」

「自分の身に何が起ころうとしているか、彼はまったく知りません。上司に頼んでみましたが、彼にヒントを与えることすら許してもらえませんでした」

「リックの育ての母のバーバラが何か勘づいたかもしれない」グリヤが言った。「このあいだ、マチャドのことをきかれたんだ。ワシントンから来た連中が話しているのを偶然カフェで耳にしたらしい」

「彼女は息子にその話をしたのかしら？」

「バーバラは、リックの母親のドロレスがかつてマチャドと恋愛関係にあったことは知っているかもしれないが、それ以上詳しいことは知らないはずだ。ドロレスは私生活をオープンにしていなかったから、秘密を知っている関係者はごくわずかだ」グリヤはそこで顔をしかめた。「だが、関係者のいとこが政府高官の妻で、そこから秘密がもれてしまった。それが一連の出来事の発端となったんだ」

「秘密を守るのは難しいですから」グウェンは眉間にしわを寄せた。「リックの義理の父親が、ドロレスの秘密を知らなかったとは思えません。わたしが得た情報によると、リックと義理の父親との関係は険悪なものだったようですね」

「あの男はリックに暴力をふるっていたんだ」グリヤが言った。「ひどい男さ。子供のころ、リックがトラブルばかり起こしていた原因は、義理の父親にあったんだ。母親と義理の父親の命を奪った悲惨な交通事故が、リックにとっていい転機になったと言えるだろう。バーバラが彼を引きとり、更生させてくれたおかげで、彼は模範的な市民になった。バーバラがいなければ、どうなっていたことか……」グリヤが意味ありげに両手を広げてみせた。

グウェンは自分の足元に視線を落とし、ぼんやりと考えた。すり減った黒のローファーが汚れているから、きれいにみがかなければ……。グウェンはいつもカジュアルな格好をしていたが、だらしなく見られないように心がけていた。

「ぼくの口からリックに事実を告げてほしいのかい？」グリヤがきいた。

グウェンは視線をあげた。「あなたは彼のことをよく知っているはずです。彼はわたしの上司で、わたしのことを快く思っていません」

「眼鏡をかければ、きみに対するリックの心証もよくなるんじゃないかな。きみが犯行現場でつまずいて証拠を踏みつけそうになった話、鑑識のアリス・ファウラーから聞いたよ」

グウェンは赤面した。「視力に問題があることは、自分でもよくわかっています」そう言って、ずり落ちた眼鏡を押しあげる。「だから最近は、こうして眼鏡をかけているんです」

「ぼくはきみを非難したわけじゃない」気まずそうなグウェンを見て、グリヤが言った。「きみが殺人課の刑事だったのは、かなり前のことだから、捜査手順を即席で学び直すのは大変だろうな」

「ええ、とても」グウェンは言った。「経歴を調べられても困りはしませんが、毎日、綱渡りをしているような気分です。このあいだもマルケス巡査部長の前でうっかり口を滑らせて、自分の正体を暴露するところでした」

「危ない危ない」グリヤが言った。

「身分を偽って二重生活を送るのは、なまやさしいことじゃありませんね」

「潜入捜査の難しさは、ぼくもよく知っている。妻のティピーと知り合う前のぼくは、とても充実した私生活を送っていたとは言いがたい」

トップモデルから女優に転身したティピーはキャッシュ・グリヤと出会い、波瀾《はらん》万丈の恋をして結婚した。ふたりのあいだには二歳になる女の子がいるが、噂《うわさ》によると、もうひとり子供をほしがっているという。

「あなたは運がいいわ」

グリヤが肩をすくめた。「そうかもしれない。結婚して小さな町に落ち着くなんて、夢のまた夢だと思っていた。そんなぼくが、今では立派なマイホームパパだ。ティピー譲りの赤い髪とグリーンの瞳を持つ娘のトリスは日に日に大きくなっている」

グウェンはデスクの上に飾られたカラー写真に目をやった。グリヤ夫妻と娘のトリスと一緒に、ローティーンの少年が写っている。「この子はティピーの弟さん？」写真を指さして尋ねる。

「そう、名前はローリー。十四歳だ」グリヤがかぶりをふった。「〝光陰矢のごとし〟だな」

「ええ」グウェンは前かがみになっていた体を起こした。「わたしも早く父に会いたいわ。父は長い海外生活を終えて、政府の高官と会談するために帰国する予定なんです。リック・マルケスは、わたしの家族や生い立ちについて何も知りません」

「知ればショックを受けるだろう。前もって話しておいたほうがいい」

「それはできません。家族のことを話せば、ほかにもいろいろきかれるでしょう」グウェンはため息をついた。「わたし、帰国する父を空港で出迎えたいと思っているんです。兄のラリーが外国で命を落としてから六カ月、父とわたしはつらい日々を過ごしてきました。母は何年も前にこの世を去りましたが、父は今でも母の死を悼んでいます。母のことを思うと、わたしも胸が痛みます」

「きみのお兄さんが亡くなったことは、CIAにいる友人から聞いた。気の毒だったな。ほかに兄弟か姉妹はいないのかい？」

グウェンはかぶりをふった。

「ぼくの母は他界したが、父はまだ健在だ。兄弟も三人いる」グリヤがほほえんだ。「兄のガロンはFBIのサンアントニオ支局の責任者だ」

「ガロンとは面識があります。とてもいい方ですね」グウェンはグリヤをじっと見た。こめかみのあたりにまじる白いものも、グリヤのきわだつ魅力をそこなってはいない。射抜くように鋭い黒い瞳は冷静で、デスクに向かっていても威圧的な雰囲気があった。まさに、こわもての警察署長だ。

「何を考えているんだい？」グリヤがきいた。

「あなたがいる町では法を犯さないほうが身のためだと考えていたんです」グウェンはくすりと笑った。

グリヤがにやりとした。「それはよかった。これでも警察署長として、犯罪者ににらみをきかせているつもりなんだ」

「たいしたものだわ」

グリヤがため息をついた。「マルケスの件だが、ぼくがバーバラに会って、それとなく話をしておこう。きみに頼まれたということは他言しない」

「このことがボスにばれたら、わたしのキャリアはおしまいだわ」グウェンは笑って言った。「どこかの警察署へ飛ばされて、通学路にある横断歩道で監視員をするはめになりそう」

「学童の道路横断監視員は、なかなかいい仕事だぞ。監視員の座をめぐり、外勤の巡査のあいだで争いが巻き起こるほどだ」グリヤがふざけて言った。「監視員の仕事があまりにも楽しくて、消防士に転職した者もいたが……。なんでも、小学校の一年生に脚を何度も蹴られたらしい」

グウェンは細い眉をつりあげた。「どうして？」

「横断歩道のないところを渡ってはいけないと注意したからだ。巡査を蹴った少年は問題の多い子で、先生たちも手をやいていたようだ。巡査を蹴りつける騒ぎがあってから、署に出動要請があった。ぼくは問題を起こした少年をパトカーに乗せて自宅へ送り届け、母親とじっくり話し合ってみた」

「それは大変でしたね」

グリヤが深刻な表情を浮かべた。「母親はシングルマザーで、小学生の息子とふたり暮らしだった。ほかに身内はなく、息子は少年院送りになる寸前だった。まだ六歳だというのに」グリヤが重い口調で言った。「学校では問題児扱いされていて、放課後に居残りを命じられたこともあったらしい」

「まだ小学生なのに？」

「その学校では〝反省の時間〟と呼んでいる。実際は、図書館でおとなしくしているように言われるだけだ。最後に図書館行きを命じられたとき、その少年は机の上に立って、館長の前で権利章典を暗唱してみせたそうだ」

グウェンは愉快そうに目をみはった。「単なるトラブルメーカーじゃなくて、頭もいいんですね」

グリヤがうなずいた。「あの子の母親が頼りがいのある男を見つけて結婚することを誰もが願っている。今のうちに父親がしっかりしつけをしないと、あの子は悪戯《いたずら》ではすまされないことをしでかして、前科者になってしまいそうだ」

グウェンは笑った。「未婚のわたしには、子育ての難しさはわからないわ。結婚したら子供がほしくなるとも限らないし」

「ティピーとぼくのような例もある」グリヤが笑顔で言う。「ぼくは父親になってよかったと思うよ」

「でしょうね」

グウェンは椅子から腰をあげた。「そろそろサンアントニオにもどらないと。マルケス巡査部長に何かきかれたら、わたしとは捜査中の事件の話をしただけだと答えてください」

「実を言うと、きみが担当している事件とかかわりがありそうな別の事件の情報があるんだ」グリヤが驚くべきことを言った。「説明するから座ってくれ」

4

二日後、けわしい顔で出勤したリック・マルケス巡査部長がグウェンをオフィスへ呼びつけ、椅子に座るよう指示をしてドアを閉めた。

キャッシュ・グリヤに話を聞いた育ての母から、出生の秘密を告げられたのかもしれない、とグウェンは思った。

「未解決事件の専従捜査班から仕事がまわってきた」椅子に腰をおろしながら巡査部長が言った。

「どんな仕事でしょう？」

「二〇〇二年に発生した殺人事件の再捜査だ。その事件では、ある人物の証言により犯人とみなされた男がすでに収監されている。ところが、二〇〇二年の事件で証言台に立った男が、最近発生した類似の事件の容疑者として逮捕された。二つの事件に関連があるかどうか調べてほしいと頼まれたんだ」

「そのことなら、このあいだジェイコブズビルでグリヤ署長と話し合ったばかりです」グウェンはうれしそうに言った。「二〇〇二年の事件で収監された男性の家族を知っている巡査の話によると、その男性は犯行時刻に、あるパーティー会場にいたとか」

「巡査はそう証言したのか？」

グウェンは首を横にふった。「公判中に証言を求められたことすらなかったようです。なぜなのかわかりませんが」

「それは興味深い情報だ」

「ええ、とても。その事件の再捜査をするから、ひと汗かいてくれと頼まれたんですか？」

リックが渋い顔をした。「人手が不足しているわけではないが、二名の捜査員が病気療養中で、贈収賄の捜査に当たる部署に一名が引き抜かれたとかで困っているらしい。捜査班の班長は、過去の事件が冤罪《えんざい》だったなら、このままにしてはおけないと考えている。二〇〇二年の事件は、きみが担当している女子大生殺人事件とよく似ている。どちらの事件も被害者は女子大生だ。二つの事件の関連性を調べる必要があるが、向こうはそこまで手がまわらないらしい」彼が口元をほころばせた。「他人の縄張りを荒らしたくないという心理も働いているだろう」

「理解できます」

「そこで、二つの事件が同一犯によるものなのかどうか、きみに見きわめてもらいたい。そして、きみの手で真犯人をあげるんだ。そうなれば、上司であるぼくは鼻高々だ」

グウェンはにっこり笑った。「きっと、ご期待にそえると思います。被害者のカメラに残されていた写真に写っていた不審な男について調べていて、わかったことがあるんです。以前、その男について報告しましたが」

「ああ、報告を受けた記憶はある」

グウェンは携帯電話に保存したファイルを開き、問題の男の顔写真を見せた。「これがその男です。顔認識ソフトにかけて身元が判明しました。名前はミッキー・ドゥナガン。これまでに何度も検挙されています。過去に二度、加重暴行罪で起訴されましたが、有罪判決は出ませんでした。でも、ドゥナガンと今度の事件を結びつける決定的な事実が判明しました。ドゥナガンは女子大生に異常なほど執着しているんです。数カ月前、被害者と同じカレッジへ通う女子学生を襲い、暴行未遂で逮捕されました。今日、うちの部署の刑事が、その女子大生から事情聴取をすることになっています。殺人事件の現場となったアパートメントでも聞きこみをして、住人から話を聞く予定です。逮捕歴があるドゥナガンの保存用DNAサンプルが、現場で採取された犯人のDNAと一致したら……」

「すばらしい！」

グウェンは笑みを浮かべた。「ほめていただいて光栄です」

「ドゥナガンが犯人であることを立証するための証拠固めは徹底的にやらないと」リックは眉間にしわを寄せた。「口のうまい国選弁護人も歯が立たないよう、鉄壁の守りを固める必要がある」

「表現力が豊かなんですね」グウェンが皮肉めいた口調でつぶやいた。

リックは彼女に向かって顔をしかめてみせた。

「ぼくの表現力にけちをつけると、二カ月間の張りこみ捜査を命ずるぞ」

「かんべんしてください！」グウェンが悪戯《いたずら》っぽく目を輝かせた。

リックは笑みを返した。笑顔のグウェンは、とてもきれいだ。ふっくらした唇はみずみずしく、官能的で……。

リックは椅子の背にもたれ、部下の唇に目を奪われないよう努力した。「仕事にもどっていいぞ」

「ただちにもどります」

「その前に教えてくれないか？　殺人犯として収監された男が、犯行時刻に現場とは別の場所にいたと言っている巡査は誰だい？」

「ダン・トラビス巡査です。ジェイコブズビル署に勤務しているので、明日こちらから出向いて話を聞こうと思っています」グウェンは携帯電話に保存してある捜査資料をチェックした。「以前、ドゥナガンを暴行罪で逮捕したデイブ・ハリス巡査にも会ってみるつもりです。捜査の役に立つ情報を得られるかもしれないので」

「そうか。また報告してくれ」

「はい」グウェンが立ちあがった。

「キャサウェイ」

オフィスを出ようとしたグウェンがふり返る。

「なんでしょう?」

リックは探るような目で彼女を見た。グウェンが重要な事実を上司である自分に隠しているような気がしてならない。長いこと警察官として勤務してきたリックは、相手のしぐさや身のこなしから心理状態を読みとるのが得意だった。ある銀行で挙動不審な男を見かけて声をかけ、強盗事件を未然に防いだこともある。リックは男と言葉を交わしながらさりげなく近づいて、相手がロングコートの下に銃を隠し持っていることに気づいた。そこですぐ男をとりおさえ、手錠をかけて署へ連行して事情聴取をしたのだ。その結果、男が一連の銀行強盗事件の犯人であることが判明し、未解決事件の専従捜査班の責任者であるマーフィー巡査部長に感謝された。

「マルケス巡査部長?」グウェンは無言の上司をうながすように言った。リックが椅子に座ったまま背すじを伸ばす。上司の厳しい視線を浴びて、グウェンはいたたまれなくなった。

「話はそれだけかい?」リックが優しく問いかけた。「ぼくにまだ報告してないことがあるんじゃないのか?」

グウェンは赤面した。「いいえ……わたし、隠し事なんて……していません」情けないことに、しどろもどろになってしまった。

「職責について、よく考えたほうがいい」リックがそっけなく言った。

グウェンは一つ大きく息をした。「職務規程に反することはしていません」

リックがけわしい顔で片手をふり、オフィスを出ていくよう彼女に指示した。「仕事にもどれ」

「はい」グウェンはリックのオフィスから逃げるように出ていった。

赤い顔をして、うろたえたようすの彼女と廊下でくわしたホリスター警部補がいぶかしげに眉をひそめた。「どうした?」警部補が優しく問いかける。

グウェンは唇を噛《か》みしめた。「なんでもありません」そう答えて深々と息を吸う。本当は、誰かに話を聞いてほしくてたまらなかった。

ホリスター警部補が気遣わしげに目を細めた。「ちょっとわたしのオフィスへ来なさい」

警部補はグウェンの先に立って廊下を引き返した。そんなふたりをリック・マルケスが不可解な表情を浮かべて見送っていた。

「かけたまえ」ホリスター警部補はグウェンに指示すると、デスクの向こう側へまわって椅子に腰をおろした。ぴかぴかの黒いブーツをはいた長い脚をデスクの上にのせ、腕組みをして、椅子の背に危なっかしく寄りかかる。「話を聞こうか」

グウェンは落ち着きなく身じろぎした。「実はわたし、マルケス巡査部長にかかわる重大な事実を知っているんです。どんな事実なのか、お話しすることはできませんが」

警部補が金色の太い眉をつりあげてほほえんだ。「わたしはすでに知っている」

グウェンはグリーンの目をみはった。

「週のはじめに国務省の職員がふたり、わたしに会いに来た。わたしはきみが何者なのかも知っているし、現状も把握しているつもりだ」警部補がため息をついた。「わたしが知らされた事実をマルケスに教えてやりたいが、それは許されないことだ」

「わたし、思い悩んだ末にキャッシュ・グリヤに相談したんです。彼は部外者ですから、巡査部長の母親のカフェでそれとなく事実を伝えられるんじゃないかと思って。母親からその話を聞けば、マルケス巡査部長も心の準備ができるでしょう」

「それでも、事実を知らされたときのショックは、はかり知れないはずだ」警部補が眉根を寄せた。「上層部はマルケスを仲立ちにして、エミリオ・マチャドに接近するつもりだな？」

グウェンはうなずいた。「仲介役として、彼以上にふさわしい人物はいません。彼が協力を拒否する可能性はありますが」

「そういうリスクがあることは上層部も承知しているはずだ。今の政治情勢では、マチャドの件に直接介入はできない。わたしなら、マルケスに事情を打ち明けて協力を仰ぐんだが」

「本気ですか？」グウェンは笑みを浮かべた。

警部補が深みのある声で笑い、首を横にふった。「いいや。極秘情報をもらせば刑務所送りになってしまう。わたしのような色男が収監されたら、独身女性たちが暴動を起こすだろう」

グウェンは声をたてて笑った。ホリスター警部補にユーモアのセンスがあるとは知らなかった。顔を上気させた彼女は、なかなか魅力的だった。

「マルケスをバレエの公演にでも誘って、きみの口から事実を打ち明けたらどうだい？」

「そんなことをしたら、ＦＢＩアカデミーの前で縛り首にされてしまいます。情報を漏洩《ろうえい》しそうな捜査官たちへの見せしめとして」

警部補がにやりとした。「きみが縛り首にされる前に縄を切ってあげるよ。連邦政府のお役人とわたしの関係は良好だ。妙な偏見もないから、エブ・スコットの配下の傭兵《ようへい》たちともうまくやっている」

「噂《うわさ》では、警部補もかつて傭兵だったとか」

グウェンは探りを入れてみたが、ホリスター警部補の笑顔からその心の内をうかがうことはできなかった。「驚いたな」

グウェンは何も言わなかった。

警部補がデスクから脚をおろして立ちあがった。「この件で何か進展があったら教えてくれ」そう言って、グウェンをオフィスから送り出す。「マルケスをバレエの公演に誘うことを本気で考えてみたらどうだ？　マルケスはバレエを見るのが好きだが、ガールフレンドがいないから、劇場へ出かけるときはいつもひとりだ」

「どうして――？」グウェンは思わず問いかけたあと、気まずそうに咳払《せきばら》いした。「巡査部長は魅力的なのに、恋人がいないなんて不思議ですね」

「マルケスは銃を携帯している」

「警部補もです」グウェンはホルスターを指さした。「銃を持っていない警官なんていません」

「確かに。だが、マルケスは銃を持たない女性が好きなんだ。そういう女性は、銃を持ち歩く男を嫌うものだ。マルケスは同僚とはデートしない主義だが、きみの誘いには乗るかもしれない」

「その可能性は低いと思います」グウェンはため息をついた。「わたしは嫌われているので」

「未解決事件の専従捜査班からまわってきた殺人事件を解決したら、彼らがきみを応援してくれるさ」

「なぜそう断言できるんですか？」

「わたしは上司だぞ」警部補がすまして言った。「上司はなんでも知っている」

グウェンは笑いながら警部補のオフィスを出た。彼女の笑い声は、自分のオフィスにいたリックの耳にも届いた。手元にあったメモ帳を腹立ちまぎれに放り投げると、メモ帳が当たったごみ箱がひっくり返った。リックは顔をしかめた。これはなんの騒ぎかと誰かにきかれても、今のぼくには答えるすべがない。なぜ普段とは違うことをしてしまうのか、自分でもわからないのだ。

グウェンの捜査対象は、小説なみの犯罪歴を持ついやな男だった。グウェンはジェイコブズビルへおもむいて、ダン・トラビス巡査に話を聞いた。トラビス巡査は信頼の置ける人物で、二〇〇二年に殺人犯として逮捕された男性が、犯行時刻に別の場所で開かれたパーティーに出席していたと断言した。当時も担当の検事補にその事実を訴えたが、伝聞証拠にすぎないとしてとりあげてもらえなかったという。グウェンはトラビス巡査の証言を裏づけてくれるふたりの証人の名前をきき出すと、ただちに巡査の宣誓供述書をとるよう手配した。

次の目的地は、数カ月前にドゥナガンを暴行未遂で逮捕したデイブ・ハリス巡査が勤務しているサンアントニオ南管区だった。グウェンはハリス巡査に電話をかけて、ランチタイムに近所のファストフード店で落ち合う約束をした。

店内でソフトドリンクを飲みながらハンバーガーとフライドポテトを食べるふたりは注目の的だった。警察のバッジをつけて銃を携帯した女性と制服警官が一緒にいるのだから、目立って当然だ。

「わたしたち、見られているわ」グウェンは芝居がかった口調で言い、近くのテーブルについているふたり連れの若い女性を指し示した。

「ぼくの知り合いのジョーンとシャーリーです」ハリス巡査が笑顔で女性たちに手をふると、ひとりが真っ赤になって飲み物をこぼしそうになった。ブロンドで青い目をしたハリス巡査は体格がよく、独身で、なかなかのハンサムだ。「ジョーンはぼくに気があるみたいです」巡査が小声で言った。「いつもこの店で昼食をとるぼくの顔が見たくて、ふたりでここへ通ってるんです。ジョーンは才能豊かなグラフィック・アーティストなんですよ」

「すてきね」グウェンはハンバーガーをほおばった。

「それはともかく、なぜ昔の事件を調べてるんですか？」サラダを食べ終えたハリス巡査がブラックコーヒーを飲みながらきいた。

「現在捜査中の事件と関連がありそうだからよ」グ

ウェンはグリヤから得た情報を伝えた。

ハリス巡査が眉をつりあげる。「重要な証人がいるのに、法廷で証言させなかったんですか？」

「奇妙な話よね。その事実だけでも審理無効と判断されてもしかたがないわ。有罪判決を受けた男性が収監されたのは、一年も前のことなのよ」

「ひどいな。無実の罪で刑務所送りになるなんて」

「同感だわ。せめてもの救いは、冤罪で投獄される人がまれにしかいないことかしら」

「現在捜査中の事件の容疑者はどんな男です？」

「いけすかないやつよ。その男が犯行現場にいたことは明らかなの。ＤＮＡ鑑定で、そいつの犯行だと立証できるかもしれない。事件があった日の朝、近所の人たちが現場付近で容疑者を目撃しているの。そいつが殺人犯なら逃しはしないわ。マルケス巡査部長に捜査の指揮をまかされたんですもの」

「何名で捜査に当たってるんですか？」

「今のところ、わたしともうひとりの刑事がこの事件を追っているわ」

ハリス巡査がため息をついた。「予算の関係で、多くの人員をさけないんですね」

「そういうこと。でも、ふたりでなんとかなるわ。必要なら、未解決事件の専従捜査班が手を貸してくれるみたいだし」

「いいですよね、未解決事件専従捜査班って」

グウェンはほほえんだ。「そうね」

「ドゥナガンについて」ハリス巡査が身を乗り出した。「ぼくが知っていることをお話しします」

巡査はドゥナガン逮捕のいきさつを詳しく説明した。グウェンはハリス巡査から得た情報を携帯電話の捜査ファイルに保存した。

「捜査の役に立ちそうだわ。ありがとう」

「お役に立てて光栄です」ハリス巡査がほほえみ、腕時計に目をやった。「そろそろパトロールの時間だ。ほかに何かききたいことはありますか？」

「これで充分よ。あなたの意見をいろいろ聞けて、とても参考になったわ」

「ぼくでよければ、いつでもお手伝いします」

「殺害された女子大生が気の毒でならないわ」グウェンは巡査と一緒に席を立った。「彼女、顔かたちがきれいなだけじゃなくて、困っている人を見ると手をさしのべずにいられない美しい心の持ち主だったの」そこで巡査をちらりと見る。「話は変わるけれど、このあいだ、あなたのお仲間のシムズ巡査と一緒に張りこみをしたわ」

ハリス巡査がためらいがちに言った。「あいつは、ぼくたちとはちょっと違います」

「どういう意味？」グウェンは眉をひそめた。

「ぼくに言えるのは、シムズには大きな後ろ盾があるってことだけです」ハリス巡査が口元をほころばせた。「シムズのことを悪く言うつもりはありません。あなたには緻密な分析能力があるから、殺人課の刑事として立派にやっていけるでしょう。事件が早く解決するように祈ってます」

「どうもありがとう」

ハリス巡査がほほえんだ。「どういたしまして」

車で署へもどったグウェンの頭はフル回転していた。今日は大きな収穫があった。首尾よく事件を解決したら、わたしに批判的なリック・マルケスの考え方も変わるはずだ。彼が好意的になったとしても、秘密を打ち明けるわけにはいかないけれど……。今はただ、この状況をキャッシュ・グリヤが打開してくれるように祈るしかない。

キャッシュ・グリヤはぶあついハムをはさんだサンドイッチとフライドポテトを食べ、ブラックコーヒーを飲んだあと、手作りのアイスクリームをそえたバーバラ特製のアップルパイを注文した。

パイを持ってきたバーバラが悪戯っぽい笑みを浮かべる。「こういうものばかり食べていてはだめよ。太るから」からかうような口調でバーバラは言ったが、ほどよく筋肉のついたグリヤの体にたるみはなく、実年齢より十歳ほど若く見えた。

グリヤが唇をとがらせ、黒い瞳をきらめかせた。

「ごらんのとおり、だんだん太ってきたよ」

バーバラが笑った。「嘘《うそ》ばっかり」

グリヤはカフェの女主人をじっと見た。「ちょっと話があるんだが、かまわないかな?」

バーバラが店内を見まわした。ランチタイムの混雑がおさまったカフェのテーブルについているのは、一組の老夫婦と数人のカウボーイだけだ。

「かまわないわ」バーバラが向かいの席に腰をおろした。「で、どんな話?」

グリヤはコーヒーに口をつけた。「実は、ある情報が間接的にきみの息子に伝わるように動いてくれと頼まれたんだ」

バーバラが目をしばたたいた。「何がなんだかわからないわ」

「だろうな」グリヤはコーヒーカップを置いてほほえんだ。「聡明《そうめい》なきみのことだから、リックの出生について、なんらかの疑念を抱いているはずだ」

「ほめてくれてありがとう。確かに、あの子の出生にまつわる疑問は山ほどあるわ」バーバラが探るような目でグリヤを見た。「わたし、ここへ食事に来た連邦捜査官が話していたことを耳にしてしまったの。なんでも、ドロレス・オルティスという女性が、マチャド将軍とかつて恋愛関係にあったとか……。ドロレスはリックの実の母親で、この店でしばらく働いていたことがあるのよ」

「リックの義理の父親はろくでなしだった。あの男が勤め先を首になったのは、飼育していた家畜の扱いがひどかったからだ。噂では、義理の息子にもひどい仕打ちをしていたようだ」

バーバラの顔がこわばった。「リックを養子として迎えたあと、わたしが頭を撫《な》でようとして手を伸ばしたら、あの子、おびえたように身をすくませたわ」バーバラが悲しげな目をして言った。「それでわかったの。リックが学校で問題ばかり起こしていた理由が……。あの子、虐待されていたのよ」

「リックに暴力をふるっていたのは義理の父親だ。革の鞭《むち》で打ったこともあったらしい」

「あの子の背中が傷だらけなのは、そのせいだったのね。あの子は何も話してくれなかったけれど」

「男のプライドにかかわる問題だからだ。リックの義理の父親のジャクソンは、児童虐待の罪で刑務所送りになるべきだった」

「そのとおりよ」バーバラがためらいがちに言葉を継いだ。「マルケスというラストネームは、リックが七歳のときにドロレスが作成した書類上の名前らしいわ。どういうことかしら?」

「本当の父親の名前を出生証明書にしるす勇気がなかったんだろう。当時からメキシコ当局と問題を起こしていた父親にリックの存在を知られたくないという気持ちもあったはずだ。ドロレスはリックに安定した家庭を与えるためにクレイグ・ジャクソンと結婚したが、相手の本性に気づくのが遅すぎた。ジャクソンはリックの本当の父親が誰であるかを知っていた。別れるならその事実を公表すると脅されて、ドロレスは離婚に踏みきれなかった。そのつけを払わされたのが、幼いリックだったんだ」

バーバラは不安に襲われた。「まさか、あの南米の独裁者がリックの本当の父親だというの?」

グリヤがうなずく。

「なんてこと」

「その事実は極秘にされている。なぜなら、連邦政府のある機関が、リックを仲立ちにしてマチャドに接近しようと考えているからだ。近い将来、マチャドは必ず復権する。そのとき、我が国に有利な貿易協定を締結するよう働きかけるのがリックの役目だ」グリヤは静かに先を続けた。「マチャドをバレラから追放したペドロ・メンデスは市民を拷問にかけ、反対派を殺害し、公共のメディアを封鎖して、世界じゅうの人権擁護団体から非難された。今では民主主義の敵とみなされている。メンデスは国費を私的に流用し、贅沢《ぜいたく》ざんまいの生活を送っているんだ。ロールスロイスを何台も所有し、美女にかしずかれ、ヨーロッパ各地にある豪邸を自家用ジェットで飛びまわっているらしい。執政者として失格だ。バレラの労働者は飢え、農民は麻薬の原料となるコカの栽培を強制されている。メンデスの贅沢な暮らしを支えるために」グリヤがかぶりをふった。「メンデスのような独裁者は排除されるべきだ」

「暗殺計画は進んでいるのかしら？」

「そんな目でぼくを見ないでくれ。ぼくはもう危ない橋は渡らない。家族がいるから」

「エブ・スコットのところなら、危険をいとわない男たちがいるんじゃない？」

「無論いるだろうが、すでに多くの志願兵がマチャド将軍のもとへ馳《は》せ参じている」

ウェイトレスが笑顔でふたりのテーブルに歩み寄り、グリヤのカップをコーヒーで満たした。

「ありがとう」

「どういたしまして。ボスもコーヒーをいかが？」

「わたしは遠慮しておくわ。カフェインをとらなくても気持ちが高ぶっているみたいだから」

「わかりました」

「で、リックに出生の秘密を告げるという難しい役どころは誰が演じるの？」バーバラはきいてみた。

グリヤが意味深長な笑みを浮かべて彼女を見る。

「無理よ、わたしにはできないわ！」

者やリックの上司には守秘義務があるから」

「きみ以外に適任者がいないんだ。連邦政府の関係者やリックの上司には守秘義務があるから」

「守秘義務なんかに縛られずに、真実を伝えればいいじゃない。なぜそうしないの？」

「なぜなら、すべてを知ったリックが激昂《げっこう》し、事実を告げた相手への協力を拒むおそれがあるからだ。マチャドと接触する際の仲介役として、最もふさわしいのはリックだ」

「グレーンジに仲立ちを頼めば？　彼はすでにマチャド将軍のもとで働いているはずよ」

「グレーンジにこの事実は知らされていない」

「だからって、どうしてわたしが損な役回りを引き受けなければならないの？　出生の秘密を知ったら、あの子はきっと怒り狂うわ！」

「腹を立てたとしても、きみはリックの育ての親だ。愛する母親に事実を告げられたなら、ショックから立ち直るのも早いはずだ。自分から政府に協力を申し出るかもしれない。政府の関係者が事実を伝えたら、そうはいかないだろう」

バーバラは何も言わず、明るい柄のテーブルクロスを不安げに見つめていた。

「きみならきっとうまくやれる」グリヤが言った。

バーバラは伏せていた目をあげた。「わたし、つい最近リックと喧嘩《けんか》したばかりなの」

「本当かい？　どうして？」グリヤは驚いた。リックは育ての母に献身的な愛情を捧《ささ》げている。その彼がバーバラと喧嘩をするとは思えなかった。

バーバラが顔をしかめた。「ホリスター警部補がグウェン・キャサウェイ刑事に一輪の薔薇《ばら》を贈ったことを冗談めかして言ったら、リックがものすごい剣幕で怒鳴ったの。わたし、びっくりして電話を切ってしまったわ。あの子、自分では認めようとしないけれど、グウェンのことが好きなのよ」

「おやおや！」

「リックに出生の秘密を打ち明ける役目は、グウェンに頼めないかしら？」

「彼女にも守秘義務がある」

バーバラはため息をついた。「みんなが秘密を知りながら口をつぐんでいるのね」

「リックは何も知らない」

「ええ」

「だから、きみがリックに教えてやってくれ。できるだけ早く」

「わたしも口をつぐんだらどうなるの？」

グリヤが身を乗り出した。「政府はこのカフェへ工作員を送りこみ、きみの手作りアップルパイの評判を落とそうとするだろう。そしてきみは、有機農法で育てた野菜や果物を調理した罪に問われる」

バーバラは吹き出した。「噂では、殺菌処理していないミルクを売っていた農場に特別武装警備隊が送りこまれたそうね。政府はどうかしているんじゃない？　未解決の問題が山積している今の時代に、地球に優しい暮らしをしている人たちのところへ武装兵をさしむけるなんて」

「いくらなんでも、そこまではしないさ！」

「残念ながら、政府はそこまでやったのよ。そのうち、遺伝子操作されたものを強制的に食べさせられるんじゃないかしら」

グリヤが大笑いした。「インターネットの過激なサイトに感化されないよう気をつけたほうがいい」

「ああいうサイトをチェックしないと、世界情勢を把握できないのよ」

グリヤが天を仰いで立ちあがった。「そろそろ仕事にもどらないと。リックに事実を伝える役目は引き受けてくれるね」

バーバラも席を立った。「わたしに拒否権はあるのかしら？」

「どうしてもいやならグリーンランドに移住して、

改名でもして姿をくらませばいい」

「そんなこと、できるわけがないじゃない。でも、グリーンランドへは行ってみたいわ。雪があるから」

「南テキサスでも雪は降る」

「グリーンランドほどじゃないわ。雪だるまをたくさん作れないもの」

「今日のパイは最高においしかったよ」

バーバラがほほえんだ。「ありがとう。日ごろの努力のたまものね」

「ここに来れば、テキサス一うまい料理を味わえる。このカフェがなくなったら、よそへ引っ越すよ」

「お世辞がじょうずね。今度来たとき、アップルパイに山盛りのアイスクリームをそえてあげるわ!」

バーバラは笑顔で言った。

けれども、帰宅した彼女の顔から笑みは消えていた。出生の秘密を義理の息子に告げるのは、つらい役目だ。バーバラは予測のつかない不安に襲われた。でも、政府のお役人から話を聞くより、育ての親であるわたしから真実を明かされたほうが、リックがこうむる心の痛手は軽くてすむだろう。今まで秘密を告げずに黙っていたのは、彼らなりの心遣いだったのかもしれない。


リックは疲れた体を引きずって、母親が待つ家に帰った。今日は長い一日だった。なにしろ、会議を連続でこなしたあげく、銃の安全な取り扱いに関する研修まで受けさせられたのだから。研修のきっかけとなったのは、ある若い巡査が起こした銃の暴発事故だ。

その巡査というのは、前に一緒に張りこみをしたシムズだった。あれでよく警察学校を卒業できたものだ、とリックは思った。噂によると、シムズが暴発事故を起こしても失職せずにすんだのは、警察の上層部にいる叔父のおかげらしい。

「疲労困憊《こんぱい》しているみたいね」息子の顔を見たバーバラが優しく言った。「こっちへ来て座りなさい。夕食を用意するわ」

「もう遅いからいいよ」リックは腕時計に目をやって言った。

「夕食は真夜中にとってもいいのよ。人目が気になるなら、窓のブラインドをおろしてあげる」

彼は笑って母親を抱きしめた。「大好きだよ、母さん。結婚するなら、母さんみたいな女性がいい」

「うれしいことを言ってくれるのね」

バーバラはローストビーフとバターをぬったロールパンをレンジで温め、手作りのポテトサラダをそえてテーブルに置いた。「電子レンジは料理人の最高の友だわ」バーバラが笑って言った。

「うまい」リックは目をつむり、母の手料理を堪能した。「ランチはサンドイッチにしたんだが、会議の合間に半分しか食べられなかった」

「わたしはランチ抜きだったわ」バーバラもローストビーフに手をつけた。

「どうして？」

「キャッシュ・グリヤと話をしたあと、食欲が失《う》せてしまったの」

リックは手を止め、探るような目で母親を見た。

「どんな話をしたんだい？」

「多くの人が知っていながら、あなたに打ち明ける勇気がなくて、口をつぐんでいた事実について」バーバラが覚悟を決めて言った。「それを知ったら、あなたはつらい思いをするはずだわ」

リックはフォークを置いた。「まさか、病院で癌《がん》と診断されたんじゃ……」リックの顔が青ざめた。

「そうなんだね？　母さん、どうしてもっと早く教えてくれなかったんだ！」

リックは母親に歩み寄り、その体を抱きしめた。

「ふたりで一緒に病気と闘おう。大丈夫、ぼくはずっと母さんのそばにいるから……」

バーバラはうれしく思いつつ身を引いた。「わたしのことは心配しないで。病院で余命わずかだと宣告されてなどいないから。わたしが伝えたかったのは、あなたに関することなの。それは、あなたの本当の父親にまつわる話でもあるわ」

リックは目をしばたたいた。「本当の父親は、ぼくが生まれてすぐ死んだはず……」

バーバラは深呼吸をした。「リック、あなたの本当の父親は今、メキシコにいるの。メキシコで私兵を集め、南米のある国へ侵攻しようとしているわ」

リックは椅子にどさりと腰を落とした。淡いオリーブ色の肌から血の気が引いていく。国務省の職員が署へやってきた理由は、ぼくにあったのだ。

「エミリオ・マチャド将軍が、ぼくの本当の父親なのか」リックは瞬時に事実を悟った。

5

「南米の独裁者が、ぼくの本当の父親」リックは呆《ぼう》然《ぜん》としながらくり返した。

「そうらしいわ」バーバラはテーブルに置かれた息子の手を握りしめた。「あなたに真実を告げる役になう人が誰もいなかったから、わたしが引き受けたの。ごめんなさい」

「死んだ母さんは、ぼくの本当の父親はずっと前にこの世を去ったと言っていた」

「あなたを守るために嘘《うそ》をついたのよ。海外資本の進出への抗議活動で主導的な役割を果たしていたマチャドは、十代のころからメキシコ当局ににらまれていたの。まさに生まれながらの指導者だわ。マチャドは名の知れた民兵組織のリーダーでもあった。その息子であるあなたは、マチャドに敵対する者たちの標的となるおそれがあったの。だからドロレスは本当のことを言えなかったのよ」

「マチャドは知っているんだろうか？　ぼくという息子がいることを」

バーバラは下唇を嚙《か》みしめた。「いいえ。ドロレスは、出産した事実をマチャドに告げてはいないわ」そこでため息をつく。「あなたの出生の秘密をグリヤから聞いたあと、以前ドロレスが言っていたことを思い出したの。あなたを身ごもったとき、ドロレスは十七歳だった。赤ん坊の父親はまだ十四歳で、若すぎるふたりの結婚をドロレスの家族が許すはずもなかった。それでもドロレスは堕胎する気になれず、あなたを産み落とした。父親の名前は両親にも明かさなかったらしいわ。でも、のちに結婚したクレイグ・ジャクソンがドロレスの秘密をかぎつけた。ジャクソンはドロレスをつなぎ止めるために、それを利用したの。あなたの出生の秘密が世間にもれることを恐れたドロレスは、ジャクソンのもとにとどまるしかなかった。ジャクソンは狡猾《こうかつ》な人でなしだわ」バーバラが辛辣に言った。

「あいつはサディストだった」静かな声でリックは言った。「ぼくを引きとってくれた母さんにあの男の話をしたことはないが、あいつと暮らした日々は地獄だった。ぼくは世間の注意を引くために非行に走った。死んだ母さんとぼくが家庭で悲惨な生活を送っていることを誰かに知ってほしかったんだ。でも、誰も救いの手をさしのべてくれなかった。あなたが死んだ母さんに仕事をくれるまでは」

「仕事を頼むことで、あなたたちの助けになりたかったの。でも、ジャクソンはドロレスが楽しそうに厨房《ちゅうぼう》で働いていることが気にくわなかったみたい。異常なまでに嫉妬深い男だったから」

「あいつがろくに働かないから、うちは生活費にも事欠くありさまだった。見かねたあなたが、何度もうちへこっそり食べ物を届けてくれた」リックは口元をほころばせた。「少年鑑別所に入れられたぼくに会いに来てくれたこともある。死んだ母さんは、あなたの心遣いに感謝していたんだ。面会に行くことをジャクソンに禁じられていたから」

「そうみたいね。ジャクソンの素行を調べるよう当時の警察署長に働きかけたけれど、何もしてくれなかったわ」バーバラが笑った。「今の署長のキャッシュ・グリヤとは大違いじゃない？」

「グリヤなら、容赦なくあの男を引っくくって広場にさらしていただろう」リックはにやりとしてから真顔になった。「それにしても、ぼくの本当の父親が南米の独裁者だったなんて」リックはいまだにその事実を受け入れかねていた。無理もない。今日までずっと、本当の父親は何十年も前に死んだと信じていたのだから。

「〝かつての〟独裁者よ」バーバラが訂正した。「新体制のもとで、バレラの民衆は苦しんでいるわ。マチャド将軍は軍事力で現政権をくつがえそうとしている。クーデターを成功させるため、可能なかぎり支援を集めようとしているの。将軍とともにバレラへ侵攻する部隊には、エブ・スコットのもとで訓練を積んだ精鋭や、ヨーロッパ出身の元軍人、南アフリカから来た傭兵《ようへい》といった多彩な顔ぶれがそろっているそうよ。アメリカ陸軍の少佐だったウィンスロー・グレーンジも指揮官として同行するらしいわ。ちなみに、グレーンジはペンドルトン家が所有する牧場で牧童頭をしていた人物よ」

「それだけの軍勢が集結しているのに、政府は気づいてないのかな？」

「マチャドは今、メキシコにいるのよ。クーデターを阻止するために国境を越えて正規軍を送りこむわけにはいかないわ。でも、非公式に支援する道を探ることはできる」

「なるほど。ぼくは生《い》け贄《にえ》の山羊《やぎ》というわけか」

バーバラが目をしばたたく。「どういう意味？」

「ピューマを引き寄せるための囮《おとり》として、ぼくを使おうとしているということさ」

「ピューマね」バーバラが笑った。「おもしろいたとえだわ。噂《うわさ》では、将軍閣下は地元で〝ピューマ〟と呼ばれているそうよ。ピューマのように狡猾で危険な一面と、猫のように人なつこい一面をあわせ持っているから」バーバラの表情がやわらいだ。「独裁者にしては珍しく、民主国家からの受けもいいのよ。聡明《そうめい》で心優しいマチャド将軍は、女性をたいせつにして、正義のために闘うことをいとわないとか」

「スーパーマンみたいに赤いマントをひるがえして闘うのかな」リックはつぶやいた。

「残念だけれど、それはないわ」

「ぼくの出生の秘密を知っているのは誰と誰だい？ホリスター警部補は知っているのか？」

「知っているわ。署内に潜入しているエージェントも、この件にかかわっているみたい。サンアントニオ警察に連邦政府のエージェントがいるという話は、地元の巡査がしてくれたの。彼は知り合いからその話を聞いたんですって。たしか、シムズという名前だったわ」

「シムズか。あいつは警官としての倫理観が欠如しているが、上層部にコネがあるから、そういう情報が手に入るんだろう。シムズは最近、銃の扱いをあやまって、自分の足を撃ち抜きそうになったんだ。おかげで、全署員が銃の安全な取り扱いに関する研修を受けるはめになった」

「銃の安全な扱い方を学ぶのは悪いことじゃないわ」

リックはため息をついた。「わかっているよ」出生の秘密を知らされたショックから立ち直るのは容易ではない。「死んだ母さんは、どうしてぼくに真実を打ち明けてくれなかったんだろう？」

「ドロレスはあなたを守りたかったのよ。いずれすべてを話すつもりでいたと思うわ。でも、その機会が訪れる前に事故で亡くなってしまった」

彼は顔をしかめた。「ぼくはどうすればいい？　メキシコへ行って将軍に対面し、〝ぼくはあなたの息子です〟と名乗りをあげればいいのかな？」

「それは賢明な選択ではないわね。だいいち、将軍があなたの言葉を信じるとは思えないわ」

「困ったな」リックは椅子の背にもたれ、テーブルクロスをじっと見た。「ＤＮＡ鑑定をするとか、双方の血液型から親子関係の有無を確かめるとかすれば、将軍も納得するかもしれないが……。ちょっと待った」リックは冷ややかに言った。「なぜぼくがそこまでしなければならない？」

「なぜなら、マチャド将軍があなたの本当の父親だからよ。将軍はその事実を知らないけれど」

「政府は、将軍とぼくが親子の対面を果たすことしか望んでいないというのかい？」

「いいえ。政府はマチャド将軍の復権を待って、貿易協定を結びたいと考えているの。だから、将軍の息子であるあなたに、そのための地ならしをしてほしいのよ」

「警察官をしている大きな息子がいると知ったら、将軍は大喜びするだろうよ」リックは冷たく言い放った。「エミリオ・マチャドは誘拐犯としてアメリカで指名手配されているから」

バーバラがテーブルに両肘を立て、てのひらに顎をのせて身を乗り出した。「いっそのこと、マチャドを逮捕したら？　犯罪者として投獄したあと、マチャドに近づいて仲良くなるの。ライオンの足の裏にささった棘《とげ》を抜いてあげた鼠《ねずみ》みたいに」

リックはいやな顔をした。「国境の向こうにいる人間を逮捕できるわけがないじゃないか。ぼくはメキシコ生まれだが、アメリカの市民権を持っている。不法移民じゃないんだ」

バーバラがつらそうな顔をした。

「ごめんよ」リックは少し間を置いて言った。「母さんは不法移民に同情的だったな。不法移民のなかには、反体制派に興味を抱いただけで死刑に処せられる国から逃げてきた者もいる」

「中央アメリカの政治情勢は厳しいから」バーバラが言った。

「日々、悪化の一途をたどっている」

リックは立ちあがり、カップにふたたびコーヒーをそそいでから、大きな手でコーヒーメーカーのスイッチを切った。

「署内に潜りこんだスパイの名前はわかるかい？」

「わからないわ。わたしが知っているのは、ジェイコブズビル署の巡査がシムズという知り合いに聞いた話だけよ。なんでも、連邦政府のある機関から派遣された人物が、身分を隠してサンアントニオ警察で働いているとか」

「シムズはどこでそんな情報を仕入れたんだろう」

「そのシムズって人がスパイなんじゃない？」

「まさか。連邦捜査官は法を遵守するものだが、シムズはありもしない事件をでっちあげてコンビニのビールを押収しようと言い出す男なんだ」

「まあ、ひどい！　そんな人が警官になるなんて世も末だわ」バーバラが嘆いた。

「警官のくせに不謹慎なことを言うなと注意したら、申し訳なさそうな顔をしたが、本当に反省したかどうか疑問だ。生意気な若造さ。態度も悪いし」

「どこかの誰かさんみたいに？」

「警察学校を出たあと、ぼくはただの一度も、不法行為をうながすようなまねはしていない。警察官として法を遵守すると誓ったから」

「シムズという若い巡査に厳しくしすぎたとは思わない？」バーバラが優しく問いかけた。

「ぼくが厳しすぎたというのなら、グウェンも同罪だ。あのときは、ぼくより彼女のほうがシムズの言葉にいきりたっていたんだ」リックは笑った。「射撃訓練で彼女に負けたホリスター警部補が悪態をついたときの彼女の反応もすごかった。グウェンはつかつかと警部補に歩み寄り、今後そのような言動は慎んでくださいと面と向かって言ったんだ」そこで母親をちらりと見る。「警部補が彼女に薔薇《ばら》を贈ったのは、そういういきさつがあったからだ」

「薔薇は謝罪のしるしだったのね」バーバラが残念そうな顔をした。「ホリスター警部補はとっても魅力的で、今は独り身でもあるから、ミス・キャサウェイに男心をくすぐられたのかと思ったわ」

「その可能性は、なきにしもあらずだ」リックはあいまいな言い方をした。「警部補はグウェンのどこが気に入ったんだろう。射撃の腕がいいことは確かだが、それ以外は欠点だらけなのに。彼女がどうやって警察官になったのか、不思議でならないよ」グウェンとホリスター警部補の仲について話すのは不愉快だった。その理由は定かではないが……。

「グウェンには好感が持てるわ」

「母さんに言わせると、世間はいい人だらけだ」リックは母親にほほえみかけた。「母さんなら、悪魔の長所も見出《みいだ》すだろう。いつも相手のよい面に目を向けているから」

「そしてあなたは、相手の悪い面ばかり見ようとする」バーバラは指摘した。

リックが肩をすくめる。「それが仕事だから」

バーバラは物思いに沈んでいる息子の心の乱れを感じとり、罪の意識を深めた。

「わたしはこんな形であなたに出生の秘密を明かしたくなかったの。損な役回りを押しつけられたことが悔しくてならないわ」

「ぼくは母さんに腹を立ててなどいないよ」リックは身をかがめ、育ての母の髪に唇を押し当てた。

「ただ……どうすればいいかわからないんだ」リックはため息をついた。

「〝迷いがあるとき、行動を起こしてはならない〟」バーバラはふと眉をひそめた。「そう言ったのは誰だったかしら？」

「わからない。だが、適切なアドバイスだ」リックはさめかけたコーヒーを下に置き、大きく伸びをしながらあくびをした。「連日連夜の張りこみと山のようなデスクワークでへとへとだ。今夜はもう寝るよ。この先どうするかは、ひと晩ぐっすり眠ってから決める。ベッドのなかで見る夢が、進むべき道を教えてくれるかもしれないから」

「そうね。ごめんなさい、あなたに秘密を明かす役目を引き受けたりして」

「秘密を明かされて動揺しているのは今だけさ」リックは母親を安心させようとした。「衝撃的な事実を受け入れるには、少しばかり時間が必要だ」

バーバラがうなずいた。

リックに与えられた時間は、わずかしかなかった。二日後、黒い髪と瞳を持つ長身でエレガントな男性が、署内にあるリックのオフィスに入ってきた。リックはドアを閉めた男性がつけているビジター用の名札に目をやったが、そこに訪問者の身分や職種はしるされていなかった。

「きみに話がある」

リックは訪問者をじっと見た。「以前どこかで会ったかな？」男の顔には見覚えがあった。

「ああ」男がにやりとした。「ジェイコブズビルでフエンテスとその手下どもを逮捕したとき以来だ。ぼくはロドリゴ・ラミレス、麻薬捜査官だ」

「どうりで見覚えがあるわけだ！」リックは立ちあがり、ラミレスと握手をした。「久しぶりだな。去年、この町で家を買ったと聞いたが」

「そうなんだ。ぼくは今、サンアントニオ支局に勤務していて、妻はジェイコブズビルの検事局で働いている。体が弱い妻には家庭に入ってほしかったんだが、聞き入れてもらえなくて」ラミレスが肩をすくめた。「それでもなんとかやっているよ」

「きみもバレラの一件にかかわっているのか？」リックは好奇心に駆られ、きいてみた。

「いささかね。ぼくの遠い親戚がメキシコ政府の高官なんだ。おかげで、極秘情報が手に入る」ラミレスがためらいがちに言った。「この件について、きみはどこまで知っている？」

リックはラミレスに椅子を勧めてからデスクの向こう側に座った。「将軍閣下に息子がいることは知っている。その息子というのは、サンアントニオ警察に勤務する巡査部長らしい」

「事情は承知しているようだな」

「育ての母が教えてくれた。ぼくに出生の秘密を明かす度胸がある者は、ほかにいなかったらしい」

「へたに話せば、きみの反感を買うおそれがあったから、誰もが二の足を踏んでいたんだ」

「ぼくが何かの役に立つとは思えないな。ぼくは自分の本当の父親が生きているとは知らなかった。どこの誰が自分の父親か、まったくわかっていなかったんだ。将軍はぼくの存在すら知らないようだ。ぼくはあなたの息子ですと名乗り出たところで、信じてもらえるわけがない」

「同感だな。お役所の考え方は、いささか常識はずれなんだ」ラミレスが長い脚を組んだ。「きみたち親子を引き合わせる役目は、ぼくがになうことになった。いとこのたっての頼みでね」

「いとこ……？」

「メキシコ大統領だ」

「なんてこった！」

ラミレスがほほえんだ。「親子の対面に立ち会うように言われたとき、ぼくも同じ台詞《せりふ》を口走ったよ」

「申し訳ない」

「気にするな。いやな仕事を押しつけられたのは、お互いさまだ。引き合わせ方を間違えば、将軍の逆《げき》鱗《りん》にふれてしまうかもしれない。親子の対面をする前に、きみの存在を将軍にそれとなく匂わせてくれる人物がいるといいんだが」

「ぼくの育ての母が、政府関係者の代わりにぼくと話をしたように？」リックはつぶやいた。

「そういうことだな」

「たしか、グレイシー・ペンドルトンがマチャドと親しかったはずだ。彼女は誘拐事件の被害者であるにもかかわらず、マチャドの罪を問う気はまるでなかった。マチャドを告訴するよう当局に頼まれても、断固として拒否したんだ」

「そうらしいな。実を言うと、グレイシーはぼくの義理の姉なんだ。といっても、妻とグレイシーに血のつながりはない。どういうことかはきかないでくれ。家族関係が複雑すぎて説明できない」

「詮索するつもりはないよ。だが、きみと結婚したグローリーのことはよく覚えている。キャッシュ・グリヤとぼくが彼女に銃の正しい撃ち方を教えたんだ」リックはにやりとした。

「そんなこともあったな」ラミレスは愉快そうに笑ったあと真顔になった。「グレイシーなら、仲介役を引き受けてくれるかもしれない。その前に、なんとかして将軍とコンタクトをとらないと」

「フエンテスの組織の幹部だった男が、明日、保護観察処分になって釈放される予定だ」

「それはいい」ラミレスがくすくす笑った。

「まさにグッドタイミングだ。そいつに伝言を託して、将軍のほうからグレイシーに連絡をとるようにしむけよう。あとは、どうやってグレイシーに汚れ役を引き受けさせるかだ」

「妻のグローリーに頼んで、彼女を買収してもらうよ。花とチョコレートとクリスマス用の飾りでどうにかなるだろう」

「なんだって？」

「グレイシーはクリスマスの飾りつけが趣味なんだ。ぼくの妻のグローリーはアンティークの珍しい装飾品が載っているカタログを持っている。それをうまく使えば、グレイシーを懐柔できるだろう」

リックは口元をほころばせた。「地方検事補が賄賂を渡すわけか。上役がその事実を知ったらどうなるかな？」

「笑って許してくれるさ」ラミレスが請け合った。「賄賂を贈る正当な理由があるんだから」

リックは拘置所へおもむき、保釈が決まった囚人に面会できるよう、保護観察官に話を通した。

フエンテスの組織の幹部だった男は、払うものを払ってくれるならメッセンジャー役を引き受けてもいいと言った。囚人に金銭を渡すところを誰かに見られたら、困ったことになる。

「ちょっと待て」リックはしばらく思案したあと、そばでごみをかたづけていた用務員を脇へ引っぱっていき、現金を二百五十ドル手渡して、何をすればいいかを教えた。

用務員は困惑しつつリックの頼みを聞き入れ、囚人に歩み寄って、リックに渡された現金を差し出した。「これは餞別《せんべつ》だ。あんたは気のいいやつだったから、はなむけとして受けとってくれ」

囚人はリックの意図を察して笑みを浮かべると、お辞儀しながら現金を受けとって、気前のよい用務員をほめちぎった。こうしてマチャド将軍へのメッセージは託された。

リックが署内のオフィスにもどったとき、グウェン・キャサウェイが来客用の椅子に座って待っていた。彼女の姿を目にした瞬間、リックの胸は弾んだ。困ったことだ。リックは望ましくない感情の高まりを無理やり抑えこもうとした。

「もう少しましな椅子を支給してもらえないかしら」リックがオフィスに入ってドアを閉めようとしたとき、グウェンがこぼした。「これより座り心地が悪いのは、病院の待合室にある椅子ぐらいだわ」

「座り心地の悪い椅子を置くのは、長居をさせないためだ。ぼくに何か用か？」リックはベルトにつけた銃のホルスターをはずしてデスクの引き出しにしまい、鍵をかけてから椅子に腰をおろした。「女子大生殺人事件に進展があったのかい？」

グウェンは躊躇《ちゅうちょ》した。どう話を切り出せばいいのかわからない。「いいえ、そうじゃありません。個人的なお話があるんです」

リックのクールな視線が彼女をとらえた。「ぼくに個人的な相談を持ちかけられても困る。悩みがあるなら、カウンセラーに相談するといい」

グウェンはいらだたしげにため息をついた。「あなたって、ほんとに杓子《しゃくし》定規な人ね」思わず口走ってから失言に気づき、顔色を変えて片手で自分の口を押さえる。

リックは、ただグウェンを見つめるだけだった。

「ごめんなさい！」グウェンはうろたえた。「本当にごめんなさい！　わたし、そんなことを言うつもりじゃ……」

「キャサウェイ」

なしに言った。

「将軍のことでお話があります」グウェンは前置き

リックが眉をひそめた。「近ごろは、将軍の話ばかりだ。まさか、将軍の情事の相手は自分だと告白しに来たんじゃないだろうな？」

グウェンは深々と息を吸った。「わたしはマチャド将軍にかかわる任務をおびてここへ来ました」そう言って立ちあがり、身分証を開いてリックに渡す。

リックは笑って受け流してから、ぎょっとしたように部下を見た。「ＣＩＡ？」

グウェンはうなずき、リックが疑いの目で見直した身分証を渋い顔でとりもどした。おもちゃ屋で買ってきた偽物ではないかと疑われたようだ。

グウェンはウエストポーチに身分証をしまった。

「今まで黙っていてごめんなさい。身分を明かしたくても、上司の許可がおりなくて」ふたたび椅子に腰をおろし、ジーンズの膝の上に両手を置く。

「刑事のふりをして署内に潜りこむなんて、どういうつもりだ？」怒りをおびた声だった。

「刑事として潜入したのは上司の命令よ。わたしはアトランタ警察にしばらく勤務したあと、ＣＩＡで四年間、対テロ・チームの一員として働いたの。隠していてごめんなさい。身分を偽ったのは、わたしの意思ではないわ。わたしに課せられた任務は、あなたがどこまで事実を知っているかを確かめることだったの。不用意な発言をして、あなたを動揺させないように」

リックが眉をつりあげた。「国を追われた南米の独裁者が本当の父親だと言われて、ショックを受けずにいられると思うかい？」

「あなたのお母様に事実を伝えるよう、キャッシュ・グリヤに頼んだのは、わたしなの。わたし自身は何も言えなくても、誰かに真実を語ってもらうことまで禁じられてはいなかったから」

リックはグウェンの心遣いがうれしかった。「きみの射撃訓練を見たときから、妙だと思っていたんだ」しばらくの沈黙のあと、リックは言った。「ただの刑事にしては腕がよすぎる」

グウェンが口元をほころばせた。「訓練場に通いつめて射撃の腕をあげたのよ。チーム内の対抗戦で、二年連続で優勝したわ」

「きみに射撃のスコアで負けたとき、ホリスター警部補は心の底から驚いていた」

「警部補はとてもいい方だわ」

リックがにらむような目で彼女を見た。

彼は上司が嫌いなのかしらとグウェンは思ったが、あえて何も言わなかった。「麻薬取締局から派遣された捜査官が、誰かを仲立ちにして、あなたの存在を将軍に伝えようとしているそうね」

「ああ。グレイシー・ペンドルトンに仲立ちを頼むつもりだ。マチャドは彼女を気に入っている」

「グレイシーはマチャドに誘拐されたのよ！」グウェンは声をはりあげた。「のちに彼女の夫になった男性も一緒にさらわれたはずだわ！」

「それは事実だ。だが、マチャドはフエンテスの手下に襲われたグレイシーの命を救った」

「知らなかったわ。そんなことがあったなんて」

「グレイシーは、マチャドを嫌ってはいない。マチャドには、敵を味方に変える人間的な魅力があるようだ。有能な反体制活動家でもある」

「将軍はバレラで民主的な政府を樹立して、数々の改革を推し進めたわ。海外のメディアを招き、公正な選挙が行われるように監視させたり、貧しい民衆を搾取して封建領主のごとく君臨していた政治家たちを追放したりして。そういう政治家のひとりがマチャドの副官と結託してクーデターを起こし、マチャドを国外へ追放したのよ」

「外国と貿易協定を結ぶため、マチャドが国を離れた隙をついての暴挙だったな」リックが言った。

「卑劣な裏切り行為だ」

「まったくだわ。マチャド将軍には、ぜひ復権してもらわないと。といっても、おおっぴらに支援はできない」静かな声でグウェンは言った。「そこで、あなたの協力が必要になるの」

「ぼくは将軍とは面識がない。将軍は息子の存在すら知らないんだ。この先、ぼくの存在を知ったとしても、喜び勇んでぼくを野球の試合に連れていくとは思えない」

「あなたを連れていくとしたら、野球じゃなくてサッカーの試合でしょうね」

リックが両眉をつりあげた。「なぜわかる?」

「マチャド将軍に関する情報を集めたファイルがあるの。将軍はストロベリー・アイスクリームが好きで、お気に入りのシンガーはマルコ・アントニオ・ソリス。靴のサイズは十二号で、クラシックギターが得意。若いころ、豪華客船のステージで演奏していたらしいわ」

「その話なら、ぼくも聞いたことがある。だが、靴のサイズまでは知らなかったな」リックの黒い瞳がきらめいた。

「将軍には、恋人と呼べるほど親しい女性はいないわ」グウェンは言った。「でも、アメリカ出身の女性考古学者とは友達づき合いをしていたみたい。彼女はバレラで古代遺跡を発見し、その発掘作業にもたずさわったの。バレラには興味深い遺跡が数多く存在しているようね」

「その考古学者は今どうしている?」

「消息不明よ。名前も確認できなかったわ。収集できたのは、根拠のない噂ばかり」

彼がデスクの上に置いた手を組んだ。「きみがCIAのエージェントだとすると、うちの刑事が一名たりなくなる。ぼくはきみに殺人事件の捜査をまかせたつもりでいたんだが、どうすればいいかな？」

「事件の捜査なら続けているわ」グウェンは弁明した。「進展もあったのよ。ＤＮＡ鑑定の結果が出たら、女子大生を殺害した犯人を逮捕できるんじゃないかしら。未解決事件の専従捜査班からまわってきた類似の殺人事件も同時に解決できるはずよ。犯行時刻の直前に、容疑者が現場のアパートメントにいたという目撃証言もとったわ」

リックが座り直した。「よくやった！」

「ありがとう。これから被害者の親友に会って話を聞く予定なの。容疑者が写りこんだ写真を撮影した女性よ。彼女の証言によると、被害者はある男につきまとわれて悩んでいたらしいわ」

「ＣＩＡのエージェントであるきみが、殺人事件の捜査を続行できるのか？」

「マチャド将軍をめぐる状況が変化するまでは、一刑事として捜査を続けるつもりよ」

「苦労して潜りこんだ職場だからな」

グウェンは笑った。「もうじき感謝祭だし、わたしのボスはワシントンを離れられないの。奥様とのパーティーめぐりで忙しくて」

「なるほど」

「グレイシー・ペンドルトンが、いつマチャド将軍に接触するかわかる？」

リックは首を横にふった。「まだそこまで話が進んでない」そう答えて椅子の背に寄りかかる。「ぼくの本当の父親は、もうこの世にいないと思っていた。ぼくが赤ん坊のころに死んだと、亡くなった母が言っていたから。だが、本当の父親は生きていた。ぼくが生まれたことも知らずに」

「将軍は子供好きだそうよ」グウェンが言った。

「ぼくはもう子供じゃない」

「見ればわかるわ」

リックは彼女をにらんだ。

グウェンが赤面して目をそらす。

リックは罪悪感を覚えた。「すまない。ぼくはまだ、事実を受け入れることができないんだ」

「無理もないわ。出生の秘密を知らされて、つらい思いをしたでしょうね」

グウェンはなかなかいい声をしている。ほどよい音程のソフトな声が、色とりどりのパステルのような感情で色づけされている。リックは彼女の声が気に入ったが、身につけているTシャツはいただけなかった。Tシャツの胸元にプリントされた〝七面鳥を救え。感謝祭には馬肉を食べよう〟というスローガンを見て、リックは吹き出してしまった。

「Tシャツのメーカーにコネでもあるのかい？」

「え？　ああ、これのこと！」グウェンは着ているTシャツを見おろした。「当たらずとも遠からずだわ。オリジナルのTシャツを作ってくれるオンラインショップがあるの。わたし、自分でデザインしたTシャツをよく作ってもらうのよ」

グウェンの服装が一風変わっているのは、そのせいだったのだ。

「わたしのデザインは、ボスに受けが悪いの」グウェンが悪戯《いたずら》っぽくほほえんだ。「CIAのエージェントなら、もっと威厳のある格好をしろって」

「ワシントンにも、カジュアルな服装で出勤していい日はあるだろう？」

「わたしはワシントンで働いているわけじゃないわ。命じられるまま、スーツケース一つぶらさげて、世界じゅうを飛びまわっているの」グウェンの口元に弱々しい笑みが浮かんだ。「充実した生活を送っているとは言えないわね。若いころは旅をするのが楽しかったけれど、今はどこかに腰を落ち着けたいと思っているの」

「地方都市で働けばいいじゃないか」

「いつかそうするかも」グウェンが肩をすくめた。

「でも今は、ここがわたしの職場よ。ずっと身分を隠していてごめんなさい」グウェンは最後にひとこと言いそえた。「わたし、本当は隠し事なんて好きじゃないのよ」

グウェンが秘密を抱えて苦しんでいたことは、リックもうすうす気づいていた。「過去を理解するのは、なかなか難しいな。これは育ての母から聞いた話だが、事故死した実母がぼくを身ごもったとき、マチャドはまだ十四歳だったそうだ。十二月末の誕生日がめぐってきたら、ぼくは三十一になる。とすると、将軍は今……」リックは頭のなかで計算した。「四十五歳だ」驚いたように両眉をつりあげる。「独裁者にしては若いな」

グウェンは声をたてて笑った。「マチャドは四十一歳でバレラの大統領になったのよ。それから四年間、バレラの発展のためにつくしたわ。バレラは彼が生まれ育った国じゃないのに」

「マチャドは、アメリカでは誘拐犯として指名手配されている」リックは言った。

「マチャドの身柄引き渡しを要求するにしても、メキシコ当局がマチャドを捕まえるまで待たないといけないわね。将軍はソノラの北に巨大な砦《とりで》を構えているのよ。報告によると、その砦には榴弾砲《りゅうだんほう》も設置されているらしいわ」

「これは実話だが」リックは椅子の背にもたれて言った。「メキシコ革命で戦ったパンチョ・ビリャは、二十世紀初頭のメキシコで英雄視されていた。ハーバード出身のジャーナリストのジョン・リードが、数カ月間ビリャと生活をともにしている」

「そのときの体験をもとにリードが書いた記事が一冊の本にまとめられ、のちに出版されたわね」

グウェンの言葉がリックを驚かせた。

「稀覯本《きこうぼん》の専門店で見つけて、ようやく手に入れたわ。わたしのたいせつな宝物よ」

6

「その本なら読んだことがある」リックがゆっくり口元をほころばせた。「タイトルは『反乱するメキシコ』だったかな。残念ながら購入はできなかったが、図書館で借りることはできた。出版されたのは一九一四年で、今ではめったに手に入らない」

グウェンは居心地が悪そうに身じろぎした。今ふたりが話題にした本は、ＣＩＡエージェントの給与では買えない高値がついているのだ。グウェンがそんな稀覯本《きこうぼん》を持っているのは、去年のクリスマスに父親がプレゼントしてくれたからだった。グウェンの父親が何者なのか、リックは知らされていなかった。

「きみはパンチョ・ビリャの本名を知っているかい？」リックがだしぬけにきいた。

グウェンはにっこりしてみせた。「本名はドロテオ・アランゴよ」そう答えたあと、少し表情を改めて先を続ける。「パンチョ・ビリャと名乗るようになったのは、妹をレイプした男を殺害した罪で当局に追われていたからだとか……。ビリャは無法者ではあるけれど、メキシコを外圧から解放し、豊かな国にするために生涯を捧《ささ》げた英雄だわ」

リックがうれしそうな笑みを浮かべた。「メキシコの歴史を書いた本をよく読んでいるみたいだな」

「ええ。優れた歴史書の多くはスペイン語で書かれているから、本を読むために語学を必死に勉強したわ」グウェンは頬を染めた。「わたし、十六世紀に南米を征服したスペイン船団に同行した聖職者が著した書物を読むのが好きなの」

「スペインによる南米開拓史か」

グウェンはほほえんだ。「ファン・ベルモンテやマノレテについて書かれた本も好きよ」

リックが両眉をつりあげる。「彼らは闘牛士だろう?」驚きのこもった声だった。

「ええ。といっても、現役の闘牛士じゃないわ。ベルモンテの伝記を読んでから闘牛の世界に夢中になって、二十世紀初頭にスペインで活躍した闘牛士たちについて書かれた本を読みあさるようになったの。闘牛士って勇敢よね。赤い布を颯爽《さっそう》とひるがえして、鋭い角を持つ巨大な牛に立ち向かっていくんですもの……」グウェンはそこで咳払《せきばら》いした。「職場で雑談をするのは不謹慎だったわね」

「ああ、血の気の多いスポーツの話題はタブーだ」リックが冗談を言った。「昔の闘牛士は、世界大戦で戦った兵士たちのようにタフで勇敢だった。ぼくは第二次世界大戦の歴史を学ぶのが好きだ。北アフリカ戦域は特に興味深い」

グウェンは眼鏡の奥の瞳を大きく見開いた。「ロンメル元帥やパットン将軍、モンゴメリー子爵にアレキサンダー元帥と、北アフリカ戦域にはそうそうたる顔ぶれがそろっているわね……」

リックがぽかんと口を開けた。「ああ」

グウェンは決まり悪そうに笑った。「実はわたし、大学で歴史を専攻して学位をとったの」自分の祖父とジョージ・S・パットン将軍に個人的なつき合いがあった事実は、あえて口にしなかった。

「驚いたな!」

「あなたは犯罪学の准学士号をとったあと、文学士号をとるために夜間課程で学んでいる」

リックが声をたてて笑った。「ぼくの靴のサイズは知っているかい?」

「十一号よ」グウェンは咳払いした。「あなたに関する情報を集めたファイルを読んだの」

リックが身を乗り出し、探るような目で彼女を見た。「ぼくも、きみに関するファイルを作るとしよう。そうしないと不公平だ」

それは困るとグウェンは思ったが、何も言わずにうなずいた。わたしは私生活をオープンにしていないから、何か探り出そうとしても、たいした情報は得られないはずだ。

グウェンは立ちあがった。「そろそろ仕事にもどるわ。ＣＩＡから来たことを打ち明けたのは、あなたに嘘《うそ》つきだと思われたくないからよ」

「きみを嘘つきだと思ったことはない」リックも椅子から腰をあげ、彼女とともにドア口へ向かった。

「その後も警部補はきみに薔薇《ばら》を贈り続けているかい？」リックはよけいなことをきいた自分を引っぱたきたくなった。

「まさか」グウェンがすまし顔で言った。「あの薔薇は、わたしの前で悪態をついたことへの謝罪にすぎないわ」

「警部補は妻に先立たれて、今はひとりだ」

グウェンは戸口の前で足を止めてリックを見あげた。間近にいる彼のぬくもりが伝わってくる。エキゾチックで男性的なコロンのかすかな香りが鼻をくすぐり、心臓が狂ったように鼓動しはじめた。グウェンの身長は、彼の肩にぎりぎり届くくらいしかなかった。リックは長身で、筋骨たくましい体つきをしている。その肩に頭をもたせかけ、浅黒く日焼けした滑らかな喉に唇を押し当てたいという衝動に、グウェンは襲われた。

息を殺し、慌てて一歩後ろにさがる。グウェンはハンターに狙われた獲物のように身じろぎ一つせず、彼の探るようなまなざしを受け止めた。こんなときはなんと言えばいいのかしら。

リックも彼女と似たような感覚にとらわれていた。今日のグウェンは野の花の香りがする。透けるような肌に化粧はほとんどほどこされていなかった。頭の高い位置でポニーテールにした髪をおろせば、ウエストのあたりまでホワイトゴールドのきらめきに包まれるだろう。かなうものなら、グウェンのプラチナブロンドの豊かな髪に唇をうずめたい。

リックはたまらずに一歩さがったが、心が乱れて落ち着かなかった。「仕事にもどったほうがよさそうだ」リックの息遣いは荒く、その声にも普段とは違う響きがあった。

「ええ、そうね。わたしも仕事にもどるわ」

言葉をつまらせながら頬を染めたグウェンの肌は、リックの目にひときわ美しく映った。

グウェンを送り出すためにドアを開けようとしたとき、リックの手が止まった。「誰かが言っていたが、きみは《火の鳥》が好きらしいな」

グウェンが緊張ぎみに笑った。「ええ。《火の鳥》は、わたしのお気に入りの曲よ」

「金曜の夜、ストラビンスキーの偉業を称《たた》えるコンサートがある」リックは一方の肩を動かした。職場の同僚にアプローチをかけるのは、やめておいたほうがいい。そう承知しているにもかかわらず、自分を抑えきれなかった。「二枚チケットを手に入れたから母を誘うつもりでいたんだが、ジェイコブズビルの牧場主たちの会合に料理を出すよう頼まれたとかで、断られてしまったんだ」リックはそこで一つ息をした。「もしよかったら……」

「ええ、いいわ」グウェンが咳払いした。「早とちりだったかしら？　わたしを誘ってくれたと思ったんだけれど……」気まずそうに問いかける。

緊張しているグウェンを見て、リックは少し気が楽になった。彼の彫刻されたような口元に官能的なほほえみが浮かび、深みを増した瞳に穏やかな色がたたえられる。「早とちりじゃない。ぼくはきみを誘おうとしたんだ」

「そう」グウェンがはにかんだように笑った。

リックは彼女の顎の下に人差し指をそえて上を向かせ、淡いグリーンの瞳をのぞきこんだ。「迎えに行くのは六時でいいかな？　コンサートの前に、きみとディナーをともにしたい」

グウェンは息をのんだ。Tシャツの下で胸がとどろいている。「ええ」呼吸を弾ませ、ささやくような声でつぶやいた。

リックは彼女の口元に視線を落とした。形のよい唇の隙間から白い歯がのぞいている。引き寄せられるように身をかがめたとき、電話が鳴った。

リックはぎょっとして身を引くと、苦笑して言った。「仕事にもどってくれ」

「はい、巡査部長」オフィスを出ようとしたグウェンがふり返った。「わたしはオーク・ストリート・アパートメントに住んでいるわ。九十二号室よ」

リックは笑みを返した。「覚えておくよ」

グウェンは名残惜しそうに立ち去った。

一分後、ふと我に返ると、オフィスの電話がまだ鳴り続けていた。同僚であるグウェンをぼくがデートに誘ったという噂《うわさ》は、たちまち署内に広まるだろう。かまうものか、とリックは思った。ひとりでコンサートやバレエの公演に行くのは、もううんざりだ。ＣＩＡエージェントのグウェンがここにいるのは、任務を果たすまでのあいだだけだ。彼女とつかのまの恋を楽しんでも罰は当たらないはずだ。

自分のオフィスにもどったグウェンは、ドアにもたれて大きなため息をついた。体の震えが止まらない。呼吸の乱れもおさまりそうになかった。リックがデートに誘ってくれた。このわたしを。これは夢じゃないかしら！

喜びにひたっていたとき、携帯電話が鳴った。グウェンは着信番号を確認して電話に出た。

「パパ」グウェンの口元がほころんだ。「そっちはどう？　うまくいってる？」

「順調とは言いがたいな。そんなことをきくとは、ニュースを見ておらんのか？」父親の深みのある声には愉快そうな響きがあった。

「ちゃんと見てるわ。なんだか苦労してるみたいね。政治家は軍事的な問題に口出しせず、軍にすべてをまかせるべきよ」

「ワシントンへ来て、ＰＯＴＵＳにそう言ってやってくれ」父親がつぶやいた。

「そんな言い方をしないで、ちゃんと合衆国《プレジデント・オブ・ザ・》大統領《ユナイテッド・ステイツ》って言ったら？」グウェンはからかうように言った。

「軍人は簡潔な言い方を好むものだ」

「そのようね」

「おまえのほうは順調にいっているのか？」

「今回の任務には、細かい配慮が必要なの」

「おまえの上司とその件について話をした。わたしの娘を最前線に送りこむようなまねはしてくれるな、と文句を言ってやったよ」

　グウェンは顔をゆがめた。わたしのボスはいい人だけれど、頑固さでは父に引けをとらない。ふたりの対決は、さぞや見ものだっただろう。

「ボスはパパになんて言ったの……？」

　父親がため息をつく。「よけいな口出しをするなと言われたよ。あいつとわたしは似た者どうしだ」

「わたしもそう思う」

「とにかく、用心を怠るなよ」

「その点は抜かりないわ。でも、マチャド将軍は悪い人じゃないみたい」

「誘拐の罪で指名手配されている男だぞ！」

「誘拐は革命の資金を調達するためにしたことで、誰も傷つけてはいないわ」

「マチャドの野営地で男がひとり死んだはずだ」

「死んだのは、グレイシー・ペンドルトンを襲った男よ。将軍が間一髪のところで男を射殺してグレイシーを救ったの。死んだ男は、フエンテスの組織の一味だったらしいわ」

長い沈黙が流れた。「それは初耳だ」

「このことを知っている人は少ないから」

父親がため息をついた。「マチャドはわたしが考えていたような悪党ではないのかもしれんな」

「政府はマチャド将軍を味方につけたがっているの。将軍は息子の存在にまだ気づいてないわ。なんとか親子の対面を実現させたいけど、なかなか将軍に接触できなくて困っているの」

「だろうな」少し間を置いて、父親がからかうように言った。「私生活のほうはどうだ？　恋人はできたのか？」

グウェンは咳払いした。「実はね、マルケス巡査部長にクラシックのコンサートに誘われたの」

長い沈黙が続いた。

「クラシック音楽が好きな男なのか？」

「ええ。バレエも好きみたい」グウェンは警告するように言った。「パパ、いやみは言わないで」

「わたしはクラシックが好きだぞ」

「クラシックは好きでも、バレエは嫌いでしょう。バレエは狂人の芸術だと思ってるもの」

「わたしにも嫌いなものはある」

「リックは戦史マニアでもあるのよ。第二次世界大戦や北アフリカ戦域に興味があるみたい」

「皮肉なことだ」父親がくすくす笑った。

グウェンも笑みを浮かべた。「ええ、ほんと」

父親が深い息をついた。「クリスマスには帰ってくるのか？」

「もちろん」グウェンは悲しげにほほえんだ。「今年は必ず帰るわ」

「それを聞いて安心した。ラリーの妻が泣きながら何度も電話をかけてくるから、往生していたんだ」

「時がたてば、リンディも気持ちの整理がつくと思うわ。十年間連れそった夫に先立たれてひとりぼっちになったから、つらくてたまらないのよ。でも、リンディは強いから、きっと立ち直るわ」

「そう願いたいものだ」電話の向こうで父親が椅子を引き、立ちあがったようだ。「ラリーの上官だった男が、休暇中にメリーランドのバーで泥酔して大暴れをした」

「兄さんが死んだのは上官のせいじゃないわ。兄さんは危険を承知で極秘任務についたのよ」

「わたしも同じことを言ってやった。そうしたら、その男は……泣き出したのだ！」父親が喉のつかえを払い、こみあげる感情をのみこんだ。「わたしはラングストン准将に電話して、とり返しのつかないことになる前に彼を助けてやってくれと頼んでおいた。准将はなんとかすると約束してくれたよ」

「兄さんはラングストン准将のお気に入りだったわね」グウェンは静かに言った。「覚えているわ、准将が葬儀に参列してくれたこと……」

しばらくの沈黙が流れた。

「話題を変えよう」

「そうね。じゃあ、鶏に参政権を与える話でもしましょうか？」

父親が吹き出した。

「でなければ、クリスマスイブにどこで食事をするかを決めてもいいわ。わたしはせっかくの休暇をキッチンで過ごすつもりはないから」

「それはよかった。おまえがキッチンにこもったら、料理ができるまでに飢え死にしそうだ。一酸化炭素中毒で死ぬかもしれん」

「失礼ね。わたしだって料理ぐらいできるわ！　ただ、苦手なだけよ」

「おまえはタイマーを使わないから、黒焦げになった料理を食べるはめになるのだ。わたしは料理が得意だぞ」父親が自慢げに言った。

「覚えておくわ」グウェンはため息をついた。「リックのお母様はカフェの経営者で、凄腕《すごうで》のシェフなのよ」

「ほう？　では、リックとやらと結婚するといい。死ぬまで料理をしないですむ」父親が笑った。

グウェンは赤面した。「パパ、彼はわたしをデートに誘ってくれただけよ」

「何年ぶりのデートだったかな……？」

「やめて。わたしだってデートぐらいしてるわ」

「たしか、同じアパートメントに住んでいる男とコインランドリーへ一緒に行ったんだったな」父親が大笑いした。「そんなのはデートとは言わんぞ！」

「でも、楽しかったわ。洗濯がすむまで、ポテトチップを食べながら映画についておしゃべりしたの」

父親がかぶりをふった。「絶望的だな」

「それはどうも！」

「もう何も言うまい。そろそろ行かねばならない。十分後に統合参謀本部で会議があるから」

「また戦争の話？」

「というより、撤退の話だ。噂では、大統領はわたしをハートの後釜に据えるつもりらしい」

「冗談でしょう！」

「そういう噂があるのは事実だ」

「で、受諾するつもりなの？」

「ニュース番組を見ていればわかる」

「噂が現実になったら最高だわ！」

「今以上に国のためになる仕事ができるかもしれん。正式な要請があったら受諾することになるだろう」

「すごいわ！」

「それはそうと、グレーンジには会ったか？」

「グレーンジ？　ペンドルトン家の牧場で牧童頭をしている人のこと？」

「そうだ。ウィンスロー・グレーンジは、わたしが最後にひきいた遠征部隊の一員だった」父親が口元をほころばせた。「グレーンジの上官は無能な男で、お粗末な作戦を立て、定員割れした部隊を前線に送りこもうとしたのだ。グレーンジは上官を縛りあげ、車のトランクに放りこんで、みずから部隊を指揮して戦った。その結果、名誉除隊となるか、軍法会議にかけられるか、二者択一を迫られることになった。グレーンジは除隊を選んだが、のちに上官が軍法会議にかけられた際に証人として呼ばれた。無能な上官は不名誉除隊になったよ」

「当然だわ」

「同感だ。とにかく、ウィンスローはわたしの友人で、いつか会いたいと思っているのだ。顔を合わせることがあれば、よろしく伝えてくれ。牧場の仕事に飽きたら、いつでもワシントンへ来いと」

グレーンジが今どこで何をしているか、グウェンは知らないわけではなかったが、父親には何も言わずにおいた。「彼に会ったら伝えておくわ」

「用心を怠るなよ。わたしに残された家族は、もうおまえしかいないのだから」深みのある声に父親の思いがこもっていた。

「パパも無理しないで」グウェンは言った。「愛してるわ、パパ」

「うむ」〝愛している〟と声に出して言われなくても、父親に愛されている実感はある。グウェンは口べたな父親を揶揄《やゆ》するつもりなどなかった。

「二、三日したら、また電話するわ」

「そうしてくれ」父親が送話口を手で覆い、誰かに向かって〝わかった、すぐ行く〟と言った。「わたしはもう行かねばならん。またな」

「ええ、またね、パパ」

グウェンは父親が電話を切るのを待って携帯電話をポケットにしまった。今日は発見の多い一日だ。

グウェンはデザイナーズブランドの美しい黒のドレスを身にまとい、高価な黒のサンダルをはいて、マドリードで買ったフリルつきの黒いショールを肩にかけた。念入りにおしゃれしたのはリックのためだ。グウェンは長い髪をおろし、サテンのようなつやが出るまでブラシでといた。車の運転はしないので、眼鏡はかけなかった。

その夜のリックは、ディナージャケットにブラックタイといういでたちだった。髪はいつものポニーテールだが、黒のリボンで結んである。

約束の時間に迎えに行ったリックは、応対に出たグウェンの姿を見てどぎまぎした。ラウンドネックの慎《つつ》ましいデザインのドレスがよく似合っている。膝下まであるドレスの裾にはレースがあしらってあった。踵《かかと》の高いオープントウのサンダルから、かわいい足の指がのぞいている。それがやけにセクシーに見えた。

「今夜のきみは……とてもすてきだ」リックはグウェンの上気した頬や美しい肌、淡い色の口紅をつけた形のよい唇に目を奪われた。

「ありがとう！　あなたもすてきよ」グウェンが緊張ぎみに笑った。

リックは背中に隠していた小箱を彼女に手渡した。箱のなかにはシンビジウムの花が入っていた。

「きれい！」グウェンが声をあげた。

リックは一方の肩をすくめ、照れたようにほほえんだ。「手首に飾る花を店員に勧められたんだが、ダンスをしに行くわけじゃないと説明して、コサージュにしてもらったんだ」

「これ、わたしが一番好きなお花よ」シンビジウムを小箱からとり出して胸元につけると、黒いドレスによく映えた。「ありがとう」

「どういたしまして。行こうか？」

「ええ！」

フォーマルなバッグを手にしたグウェンは玄関のドアを閉めて鍵をかけ、リックの愛車の小型トラックに乗りこんだ。

「もっと上品な車に替えたほうがいいかな」リックがつぶやきながら運転席に座った。

「わたしはトラックが好きよ！　父がうちでいつも乗りまわしているの」

リックがにやりとした。「ぼくもいつか、高級車を買えるようになるかもしれない」

「目的地に着きさえしたら、どんな車でもいいわ。軍用車でもかまわない」

リックは両眉をつりあげた。「どこで軍用車に乗ったんだい？」

グウェンはよけいなことを言った自分の舌を噛《か》み切りたくなった。「それは……」

「そういえば、きみの亡くなったお兄さんは軍人だったな」彼女が答える前にリックが言った。「すまない、悲しい出来事を思い出させてしまって」

グウェンは大きく息を吸って言った。「兄は祖国のために命を捧げたの。とても愛国的だったから」

リックが眉をつりあげた。

「兄は極秘任務を遂行中に亡くなったの。上官だった人は、兄の死に責任を感じているらしいわ」

リックのまなざしがやわらいだ。「部下をだいじにする誠実な上官だな」

グウェンは笑みを浮かべた。「ええ、まるで父みたい。わたしの父も誠実な人なのよ」うっかり口を滑らせた彼女は慌てて言いつくろった。

リックは失言に気づかず、彼女の柔らかな頬に手をふれた。「お兄さんのことは気の毒だった。ぼくはひとりっ子だが、兄弟か姉妹がほしかったな」

グウェンは無理にほほえんでみせた。「ラリーは兄としても夫としても最高だったわ。リンディは夫に先立たれたショックからまだ立ち直れずにいるの」

「つらいだろうな」

グウェンはうなずいた。「クリスマスを乗りきるのが大変だわ。兄は毎年、海外で手に入れたクリスマス飾りを山ほど持って帰って……」

リックはグウェンに身を寄せ、その顔を大きな手で包みこんで上を向かせた。淡いグリーンの瞳が涙に濡《ぬ》れている。リックはたまらずに身をかがめ、こぼれそうな涙を唇でそっとぬぐった。

「人生は、ときとしてつらいものだ」ささやくようにリックは言った。「だが、つらい思いをした分だけ、人は幸せになれる」

リックは話をしながらグウェンのまぶたや鼻、頬に唇を這《は》わせた。期待に息を凝らしている彼女の形のよい唇の手前で彼の唇が静止した。リックの息遣いを感じる。彼の吐息はさわやかなミントの匂いがした。もう彼の唇しか目に入らない。

グウェンは魅せられたように、なかば目を閉じた。彼の温かいてのひらに包まれた頬がうずくようだ。もう少しの辛抱だわ……。

リックが乱れた息をしながら身をかがめた。野の花の香りに理性を奪われた彼は無力だった。グウェンの唇は最高に魅惑的だ。彼女と唇を重ね、その柔らかさと甘さを堪能したい。彼女の唇の味は、このうえなくすばらしいだろう……。

後ろでクラクションが鳴り響き、ふたりはぎくりとして身を離した。リックは酔いからさめたかのようにに目をしばたたき、グウェンもぎこちない手つきでバッグをまさぐった。

「そろそろ行かないと」リックは照れ隠しに笑ってみせた。「コンサートの前に、きみとゆっくりディナーをとりたい」

「え……ええ」

「シートベルトを締めて」

「忘れていたわ！　いつもは車に乗るとすぐ締めるのに」グウェンは慌ててシートベルトを締めた。

リックも笑いながらベルトに手を伸ばした。

グウェンのはにかんだ笑顔に誘われるように手をつなぎ、小型トラックのエンジンをかけて走り出す。同僚であるグウェンにのめりこむのはまずいとわかっていたが、リックは今、最高に幸せだった。

ふたりはサンアントニオにあるしゃれたレストランで食事をした。スパニッシュギターの調べに合わせ、ふんわりした袖と、たっぷりしたひだのある裾の長い真っ赤な民族衣装をまとったフラメンコダンサーが、店内でみごとな踊りを披露した。ステージは短時間で終わったが、拍手はなかなか鳴りやまなかった。

「すばらしかったわ！」グウェンが言った。

「ああ、感動した」リックはにやりとした。「ぼくはフラメンコが好きなんだ」

「わたしもよ。『八十日間世界一周』って古い映画にホセ・グレコと舞踊団が登場するシーンがあるの。それを見てフラメンコに夢中になったのよ。ホセ・グレコは天才だわ」

「ぼくもホセ・グレコのダンスをビデオで見たことがある。あれはすごかったな」

「わたしの母もラテンダンスが好きだったわ」グウェンは夢見るようにほほえんだ。

「お母さんは健在なのかい？」

一瞬のためらいのあと、グウェンはかぶりをふった。「わたしが高校を卒業する年に亡くなったわ。父は海外にいて、母の葬儀に参列できなかったの。母を失った悲しみから父がようやく立ち直りかけたとき、兄のラリーが死んでしまった」

「お父さんは、なぜ帰国できなかったんだい？」

グウェンはごくりと唾をのみこんだ。「父は海外で極秘任務についていたの」そこで片手をあげて口元をほころばせ、さりげなくリックの質問を封じる。

「ごめんなさい、わたしも具体的な話は聞いてないのよ。国家機密にかかわることだから」

リックが両眉をつりあげた。「きみのお父さんも軍人なのかい？」

「ええ、そうよ」

「なるほど」

「まだ疑問はあるでしょうけれど、これ以上詳しいことは言えないの」

「わかるよ。よけいなことを言って、お偉方の機嫌をそこねてはまずいからな」リックがからかった。

「そういうこと」グウェンは笑いをこらえた。実を言うと、彼女の父親はアメリカ陸軍のお偉方のひとりなのだ。

ウェイターが熱いコーヒーとオードブル――手羽先のからあげと、チリとチーズのディップをそえたフライドポテトをテーブルに運んできた。

リックはちょっと手羽先の味見をして、笑いながらもとへもどした。「辛い！」

「今夜は黒を着てきて正解だったみたいね」グウェンはため息をついた。「白いドレスだったら、ディナーを終えるころには白地に赤の水玉模様になっているわ。わたし、食べたものをよくこぼすの」

リックが黒い眉をつりあげてにやりとした。「ぼくもだ」

グウェンは笑った。「お仲間がいてうれしいわ」

リックは手羽先の次にフライドポテトの味見をした。「これはうまい。食べてごらん」

勧められるまま、グウェンはリックが差し出したフライドポテトの端をかじり、満足げな吐息をもらした。

「おいしい！」

「この店の料理は最高だ。ここへ来れば、特別なバーベキューソースを使った手羽先料理が食べられる。

そのソースのレシピはどこから来たと思う？」

「あなたのお母様から？」

リックが首を横にふった。

「ある晩、ＦＢＩ捜査官のジョン・ブラックホークが兄のキルレイブンと一緒にここへ来た。料理に使われていたバーベキューソースの味に閉口したジョンは、厨房《ちゅうぼう》に乗りこんでシェフに文句を言ったんだ」

「嘘でしょう？」

「嘘じゃない。本当にあった話だ。厨房に入ったジョンはエプロンをつけ、まともな味のバーベキューソースを作ってみせた。できあがったソースを味見したシェフは、ジョンがパリにある名門料理学校で学んだことを知り、びっくり仰天したそうだ」リックはにやりとした。「ジョンの新しい奥さんは運がいい。凄腕のシェフがうちにいるから、自分で料理を作らずにすむ」

「ブラックホーク夫妻の噂は聞いたことがあるわ」

リックはフライドポテトを食べながら思案顔で言った。「ぼくもいつか子供がほしいと思っているんだ。自分には縁のなかった大家族というものに憧れている」リックの顔につらそうな表情が浮かんだ。

「バーバラは世界一の母親だが、兄弟か姉妹がいたらどんなにいいだろう」

「あなたには、お父様がいるわ」

「こんなに大きな息子がいると知ったら、マチャドは驚くだろうな。ラミレスはグレイシー・ペンドルトンを仲立ちにして、ぼくと将軍を引き合わせるつもりだ。グレイシーは仲立ちをすることを承知してくれただろうか？」

その疑問に応えるかのように、マナーモードにしてあった携帯電話が振動しはじめた。着信番号を確認したリックがはっとして立ちあがる。

「すぐもどるよ。この電話は無視できない」

うなずいたグウェンは、店内にいるほかの客へのリックの配慮をうれしく思った。食事中の人たちに不快な思いをさせないよう、店の外で電話を受けるつもりなのだ。

リックが席をはずしていた時間は五分たらずだった。「驚くべき知らせがあった」ふたたびテーブルについたリックの唇から、うつろな笑いがもれた。「グレイシーが将軍とコンタクトをとったんだ。ぼくたちと〝おしゃべり〟がしたいから、月曜の朝、国境まで来てくれと将軍が言ったそうだ」

グウェンが眉をつりあげ、満足そうに言った。

「動き出したわね」

リックはため息をついた。「ああ、ついに動き出した」不安がふくらみ、緊張感が募ったが、グウェンにはあえて何も言わず、食事を終えることに意識を集中した。

7

食事中、リックは考え事をしていて、ほとんど口をきかなかった。グウェンも黙って料理を口に運んだ。明日の朝、国境に向けて旅立つことを思い、彼の心は揺れていた。

レストランを出ると、リックはグウェンと手をつなぎ、駐車場に停《と》めたトラックに歩み寄った。

「大丈夫よ」グウェンはだしぬけに言った。

トラックの助手席のドアの前でリックが足を止めて彼女を見た。「そうかな?」

「あなたはいい人だもの。あなたのような息子がいることを、将軍は誇りに思ってくれるわ」

「そうかい?」

グウェンは彼の香りに包まれて、そのぬくもりを感じるのが好きだった。わたしはリックのすべてが好きでたまらない。「ええ、思うわ」

リックは穏やかにほほえんだ。グウェンといると、ぼくは自分に自信を持つことができる。長年、女性と友達以上の関係を築けずに喪失した自信を、グウェンのおかげでとりもどすことができた。彼女はキャリアウーマンで、ぼくと同じミドルクラスの出身だ。グウェンには独特の美しさがあった。聡明《そうめい》で、銃の扱いにも慣れている。彼女には、ぼくの官能をかき立てる何かがあるのだ。

「きみは優しいな」リックはだしぬけに言った。

グウェンが顔をしかめる。「それって皮肉?」

「皮肉じゃない。ほめ言葉だ」リックは真顔になった。「ぼくは流行の最先端を行く女性は好きじゃない。頭脳明晰《めいせき》なスポーツウーマンが好きなんだ。パーティーでお持ち帰りされる女性も嫌いだ」

グウェンがほほえんだ。「わたしもそういうことをする男性は好きじゃないわ」

リックは笑みを浮かべた。「お互いに、時代の流れに乗り遅れたようだな」

「十九世紀のビクトリア朝時代の村なら、しっくりなじむかもしれないわ。『トワイライト』の主人公みたいに。わたし、吸血鬼と人間のロマンスを描いた『トワイライト』の大ファンで、小説も映画も大好きなの。映画はシリーズ全作品を十回は見たわ。小説も毎晩ｉＰａｄで読んでいるのよ」

「ぼくは吸血鬼より狼《おおかみ》男のほうが好きだ」

「あら、『トワイライト』には狼男も登場するのよ。優しい狼男たちが」

「信じられないな」

ためらいがちにグウェンは言った。「『トワイライト』のＤＶＤなら全部そろえたから、もしよかったら……」

リックが一歩前に進み出て、グウェンの背中がトラックの助手席のドアにふれた。「もしよかったら……なんだい？」

「もしよかったら、ふたりで一緒に映画を見ない？」グウェンは誘ってみた。「わたし、ピザを作るわ。宅配ピザを……頼んでもいいし……」

グウェンのささやくような声がとぎれた。ゆっくりと顔を寄せてきたリックの唇が、彼女の柔らかな唇にふれそうになる。

「グウェン？」

「なあに？」

「黙って」リックは彼女に唇を寄せてささやき、官能的で濃厚なキスをした。

グウェンが喉の奥からすすり泣くような声をもらしながら両腕を伸ばし、彼のたくましい体に自分の体を押しつけた。狂おしい快感が体内を駆けめぐり、リックは思わずうめいた。

体をずらし、彼女の膝のあいだに片脚を割りこませて、むさぼるようなキスをする。

「マルケス！」

すぐそばで誰かが呼ぶ声がした。驚きと憤りをふくんだ声だった。リックは口づけの余韻に酔いしれながら顔をあげた。

「ん？」声の主をふり返る。

「マルケス巡査部長」怒りのこもった深みのある声が、ふたたびリックを呼んだ。

「警部補！」グウェンから飛びのいたリックは反射的に敬礼しそうになり、必死にその場をとりつくろった。頭をもたげた欲望のあかしをディナージャケットが隠してくれるといいのだが……。

「ここで何をしている？」ホリスター警部補がとがめるように言った。

「ご心配にはおよびません、警部補」グウェンが言いよどんだ。「彼は、その、ドレスに引っかかったイヤリングをはずそうとしていただけです」

　警部補が目をしばたたき、不審そうに眉をひそめた。「なんだって？」

「このイヤリングがわたしのドレスに引っかかってしまって」グウェンは片方のイヤリングを掲げてみせた。「マルケス巡査部長は、それをはずすのを手伝ってくれたんです。はた目には、妙なことをしているように見えたかもしれませんが」グウェンが笑った。彼女には演技の才能があるようだ。

「そうだったのか」ホリスター警部補が決まり悪そうに咳払《せきばら》いして、両手をポケットに突っこんだ。「とがめだてして悪かった。わたしはてっきり……」そこでまた咳払いして、眉をひそめる。「きみは同僚とはデートしない主義だと思っていたが」

　警部補に言われたとき、リックは頭のなかで九九をとなえて平静をとりもどしていた。

「おっしゃるとおりです」リックは肯定した。「お互いにフラメンコが好きなので、この店へ……」

　警部補が片手をあげてリックの言葉をさえぎった。「わたしも評判のダンサーを見に、ここへ来たんだ。あいにく、連れはいないが」警部補のどこか寂しげなまなざしがグウェンをとらえた。

「踊りもギターも最高でした！」グウェンは言った。

　ホリスター警部補がうなずいた。「ギターを弾いているのは彼女の夫だ」

「そうだったんですか！」

「ああ。ヨーロッパ各地でも公演をしたらしい。噂《うわさ》によると、来年このあたりで撮影される映画にふたりを端役として起用する話が進んでいるそうだ」

「その話が実現するといいですね」グウェンは熱のこもった口調で言った。

　リックが腕時計に目をやった。「ぼくたちはそろそろ失礼します。月曜の朝早く、人に会う約束があるんです。忘れかけたスペイン語をそれまでに勉強し直さないと」

「ついに対面が決まったそうだな」静かな声で警部補が言った。「大丈夫、うまくいくさ」

リックは上司の心遣いがうれしかった。「ありがとうございます」

警部補が肩をすくめた。「きみは殺人課のエースだ。将軍の口車に乗せられて、南米へ移り住んだりするなよ」

リックは笑みを浮かべた。「ぼくはロケット砲の扱いに慣れてないから、行っても役に立ちませんよ」

「わたしもロケット砲は苦手だ」警部補がグウェンを見てほほえんだ。「さっきは早とちりしてすまなかったな。楽しい夜を過ごしたまえ」

「警部補も」

グウェンの言葉にリックもうなずいた。

ホリスター警部補がうなずき返し、レストランのほうへそぞろ歩きをはじめた。

リックはトラックに乗りこむグウェンに手を貸したあと、運転席に座って吹き出した。

グウェンもつられて笑った。「実はわたし、カレッジの副専攻科目は演劇だったの。演技の才能があるって言われたわ」

「きみなら映画の制作もできるだろう」リックはトラックを発進させた。「機転がきくから」

「ありがとう」グウェンが頬を染めた。

ホリスター警部補が来なければ、ふたりは駐車場で欲望に身をゆだねていたかもしれない。警部補はグウェンを好ましい女性として意識しているようだ。彼女に贈られた一輪の薔薇《ばら》には、警部補のそんな思いがこもっていたのだろう。へたをすると、グウェンをめぐって警部補と争うことになりそうだ、とリックは思った。駐車場でぼくをとがめた警部補の声には、嫉妬らしきものがこもっていた。

コンサートのあと、リックはグウェンをアパートメントまで送っていった。自制心を失わないよう注意しながら彼女を抱き寄せ、おやすみのキスをする。グウェンもうっとりして口づけを返した。

「まだまだ練習不足だな」一歩さがって彼は言った。

「わたしも」息を弾ませて言ったグウェンの瞳のなかで星々がきらめいている。

「もっとキスがうまくなるよう、ふたりで練習しようか？」リックは淡々とした声でつぶやいた。

グウェンが頬を染め、緊張した声で笑った。「ぜひそうしたいわ」

「ぼくもだ」リックはふたたび身をかがめ、グウェンと軽く唇を重ねた。ここで欲望をむき出しにしてはだめだ。「月曜はきみも一緒に行くのかい？」

グウェンがうなずいた。「必ず行くわ」

リックはほほえんだ。「きみが一緒なら心強い」

グウェンがほほえみ返す。「ありがとう」

「じゃあ、月曜に署で会おう」

「ええ」

リックはグウェンに背を向けて、一歩前に出たところで立ち止まった。後ろをふり返ると、彼女がまだ戸口に立っていた。その顔には、困惑と期待の表情がたたえられている。

リックはグウェンのもとへ引き返した。「ドアを開けてくれ」静かな声で言う。

グウェンがぎこちない手つきで玄関の鍵を開けた。リックはなかに入ると後ろ手でドアを閉め、グウェンを胸に抱きしめた。薄暗い廊下を照らしているのは、リビングルームにある小さなランプの明かりだけだ。リックはその場でグウェンの唇を求め、むさぼるようなキスをした。

体を密着させると、グウェンが恍惚《こうこつ》として、すすり泣くような声をもらした。

リックも官能の歓《よろこ》びに酔っていた。

「もうどうにでもなれ」彼はグウェンの体をひょいと抱きあげ、唇を重ねたまま柔らかなソファへ運んでいった。

ふたりは同時にソファに身を横たえた。リックは彼女の体に覆いかぶさり、その柔らかな腿のあいだに長い脚を割りこませた。リックの筋張った手がグウェンの背中にまわされ、ドレスのファスナーを探り当てる。

グウェンは官能の歓びに溺れ、抵抗することを忘れていた。ひたひたと押し寄せてくる夢のような快感にのみこまれてしまいそうだ。こんな気持ちになったのは、生まれて初めてだった。

グウェンのドレスが黒のスリップと一緒に肩から落ちて、黒いレースのセクシーなブラジャーがあらわになる。小ぶりだが、柔らかそうな形のよい胸だ。

リックはブラジャーの下へ片手を滑りこませ、その柔らかさとぬくもりを堪能した。胸の頂がつんと立ち、グウェンが未知の歓びに身を震わせた。

グウェンに男性経験がないことは明らかだ。リックは唇を重ねたまま笑みを浮かべた。初体験の相手になるのは、リックにとっても初めての経験だった。ここ数年、深い仲になった女性はひとりもいない。女性経験がまったくないわけではないが、ある意味では彼もグウェンと同じように純潔だった。リックの唇が胸にそっとふれると、グウェンが小さく息をのんで背をそらした。リックは笑みを浮かべて唇を開き、硬くなったつぼみを口にふくんで舌で優しく刺激した。

それからたまりかねたようにネクタイをはずし、ディナージャケットとシャツを脱ぎ捨てる。リックのたくましい腕にグウェンが爪を立てた。

胸毛に覆われた筋肉質の体が、あらわになった彼女の肌に押しつけられる。いつしかふたりは上半身裸で抱き合っていた。

リックの口づけが濃厚で執拗《しつよう》なものに変化した。グウェンのむき出しの腿を彼の手が這《は》いあがっていく。このままでは、行き着くところまで行ってしまいそうだ。

「や……やめて」グウェンは消え入りそうな声で言いながら彼の胸を押しのけようとした。「リック？リック！」

血がたぎる欲望の靄《もや》のかなたからグウェンの声がしたが、緊張をはらんだリックの体は動こうとしなかった。グウェンは今、なんと言った？〝やめて〟と言ったように聞こえたが……。

リックは頭をもたげ、不安げに大きく見開かれたグリーンの瞳をのぞきこんだ。硬くこわばったグウェンの体の震えが伝わってくる。

「ごめんなさい……」グウェンが言った。

リックは一度、二度と目をしばたたき、乱れた息をついた。「まいったな」

グウェンはごくりと唾をのみこんだ。ふたりは上半身裸になって肌を合わせていた。リックは彼女の腿に置いていた手を慌てて離し、ほんの少し体を浮かせた。その瞬間、ピンクに色づいた胸のふくらみと紅色のつぼみが目に入った。頬骨の高いリックの顔が赤くなる。つんと立った胸の頂は、彼女の欲望のあかしだ。

グウェンが恥ずかしげに両手で胸を隠した。リックは体を起こしてソファに座った。

「すまなかった」そう言って、ぎこちない手つきでドレスを着直しているグウェンから目をそらす。

「こんなことをするつもりじゃなかったんだ……」

「わ、わかっているわ」グウェンが言葉をつまらせた。「わたしもこうなることを望んでいたわけじゃないもの。気にしないで、大丈夫だから」

リックは全身の急所をバットでめった打ちにされたような苦痛に耐えながら、声をたてて笑った。

「そうだろうとも」

「無神経なことを言ってごめんなさい！」おくてのグウェンにも男性経験のある友達はいるので、リックが今、どういう状態にあるのか推測することはできた。「ちょっと待っていて」

グウェンはキッチンへ行き、冷えたビールを冷蔵庫から出してもどってきた。

「ロジャーズ刑事が、ときどきうちへ遊びに来るの。彼女、この銘柄のビールが好きなのよ。わたしはお酒を飲まないけれど、一杯やって気をまぎらすのは悪いことじゃないと思うわ。あなたも少し飲んだら……？」

リックがいらだたしげなため息をついた。「グウェン、ぼくは警察官だぞ！」

「知っているわ……」

「警官が飲酒運転をするわけにはいかない！」

グウェンはリックをまじまじと眺めてから、手にしたビールに目をやった。「それもそうね」

リックは大笑いした。おかげで、がちがちになっていた体から力が抜けた。

グウェンは室内を見まわした。ソファの周辺に、彼のディナージャケットとシャツ、ネクタイ、ホルスターに入れた拳銃、彼女がはいていた靴が散らばっている。

リックが彼女の視線をたどり、おかしそうに笑った。「言葉にならない惨状だな」

「ええ、ほんと」グウェンは笑いながらビールを下に置いた。はずした眼鏡がテーブルの端にのっていたが、かけようとはしなかった。ただでさえ恥ずかしいのに、眼鏡をかけてリックの顔をまともに見る度胸はない。

リックはふたたびシャツを着てネクタイを締める

と、ジャケットをはおり、ホルスターをベルトにつけた。「ぼくが銃を携帯していても、きみは文句を言わないんだな」

グウェンは肩をすくめた。「わたしもつねにバッグのなかに銃を忍ばせているわ」

リックが眉をつりあげた。「足首に巻くホルスターは使わないのかい？」

グウェンはいやな顔をした。「あれは嫌い。足が重くなるから」

リックがうなずき、いつになく熱い目で彼女を見ながら前に出た。卵形の顔を両手で包み、真剣な表情を浮かべてグリーンの瞳をのぞきこむ。

「これからは玄関のドアの前で〝おやすみ〟を言うことにしよう。いいね？」

彼はわたしとつき合いたいと遠まわしに言っているのだ。「これから？」

リックがうなずき、探るような目で彼女を見た。

「ビクトリア朝時代の道徳観を持ち、フラメンコが好きで、身近に銃があってもいやがらない女性は貴重だから、しっかり捕まえておきたいんだ」

グウェンはうれしそうにほほえんだ。「わたしもあなたと同じ気持ちよ。といっても、あなたは女性ではないけれど」

「当たり前だ」

リックは彼女にそっとキスしてから顔をあげ、黒褐色の大きな目を細くした。「ホリスター警部補がきみのデスクにまた薔薇を置いたら張り倒してやる。その結果、首にされてもかまわない」

グウェンが顔を輝かせた。「本気なの？」

「もちろん」リックは奥歯をぐっと嚙《か》みしめた。

「きみはぼくのものだ」

グウェンは頰を染め、力強く脈打っている彼の喉元を見つめながらうなずいた。

リックは彼女を抱きしめて体を揺らし、大きく息をつくをしてから抱擁を解くと、名残惜しげにほほえんだ。「月曜に将軍との対面をすませたら、きみを母に紹介するよ」

「お母様に？」

「きみならすぐに母と仲良くなれるだろう。母もきみを気に入るはずだ」リックが腕時計に目をやって顔をしかめた。「もう行かないと。月曜は午前六時に迎えに来る。それでいいかい？」

「署まで自分の車で行ってもいいけれど……」

「きみと一緒に行きたいんだ」

グウェンは口元をほころばせ、うれしそうに目を輝かせた。「わかったわ」

リックがくすくす笑った。「ぼくが出ていったあと、戸締まりを忘れるなよ」

「ええ。今夜は楽しかった」

「ぼくもだ。町の西地区にラテンダンスのクラブがあるから、今度また一緒に行こう。メキシコ料理は好きかい？」

「大好きよ」

リックが笑みを浮かべた。「激辛の料理を出されても大丈夫？」

「大丈夫。メキシコ産の唐辛子を生で食べても平気だから」グウェンは悪戯《いたずら》っぽくほほえんだ。

「それはすごい！　ぼくの理想のタイプだ」

グウェンは口元をほころばせた。「そうだろうと思ったわ」

リックが笑って彼女の髪に唇を押し当てた。

アパートメントを出た彼はトラックの運転席に乗りこむと、グウェンが部屋にもどったことを確認してからエンジンをかけて走り去った。

その夜、グウェンは一睡もできなかった。気持ちが高ぶって寝つけなかったのだ。生まれて初めて、グウェンは熱烈な恋をしていた。

月曜の朝、約束どおり迎えに来たリックは緊張ぎみで、浮かない顔をしていた。朝の冷えこみがきつかったので、グウェンはセーターの上にジャケットをはおり、厚手のジーンズとブーツをはいた。

「昨日は夏のような陽気だったのに、今日は真冬の寒さだわ」グウェンはリックのトラックに乗りこんで、シートベルトを締めながら言った。

「テキサスではよくあることさ」

「ラミレスとは国境で落ち合うの？」

「ああ。グレイシーも来る」

グウェンは眉をつりあげた。「ミセス・ペンドルトンが？　危険じゃない？」

「ぼくたちは越境してメキシコに入るわけじゃない。国境の手前まで行くだけだ」

「それなら、たぶん大丈夫ね」

リックは金曜の夜の出来事に思いを馳《は》せつつグウェンを見た。彼女は愛らしく聡明で、銃の扱いにも慣れている。

グウェンはリックの視線を感じたが、緊張していたので目は合わせなかった。彼には、まだ話していないことがある。わたしの秘密を知ったとき、彼が心変わりをしないといいけれど……。

今はそんなことを考えている場合ではない。公式には、マチャド将軍には家族がいないことになっている。存在すら知らなかった息子に引き合わされたとき、将軍はどんな反応を示すだろう。

ふたりを乗せたトラックは、国境地帯にある煉瓦《れんが》造りの小さな建物の前で停まった。建物のかたわらに、ここがアメリカとメキシコの国境であることを示す看板が立っている。

砂色の髪をした長身の国境警備隊員がふたりを出迎え、少し離れたところに停まっていたリンカーンに向かって合図した。

ふたりのほうへ近づいてきたリンカーンからロド

リゴ・ラミレスがおりてきた。ラミレスは助手席のドアを開けて義理の姉をおろし、リックとグウェンに引き合わせた。

グレイシー・ペンドルトンはブロンドの美人で、大きなおなかを抱えていた。「わたしのこの姿を見たら、将軍は驚くでしょうね」グレイシーが笑った。「妊娠したことは、まだ将軍に話してないの」

「赤ちゃんは男の子？　それとも女の子かしら？」

グウェンは興味津々だった。

「性別は、あえてドクターにきかなかったわ。生まれたときに初めてわかったほうがいいと思って。どっちが生まれてもいいように、ベビー用品は黄色いものをそろえたのよ」

グウェンは笑った。「わたしも赤ちゃんの性別は生まれるまでわからないほうがいいと思うわ。わたし、大家族に憧れているの」

リックは胸を高鳴らせてグウェンを見つめていた。彼女と一緒に、子供がたくさんいる家庭を築きたい。リックはそこで咳払いした。金曜の夜の記憶がよみがえり、妙な気分になってきた。スポーツのことでも考えて気をまぎらさなければ。

「将軍はじきに来るはずだ」ラミレスが言った。

その言葉どおり、一台の小型トラックが埃《ほこり》っぽい道を走ってきた。トラックは国境でいったん停止し、係官の許可を得てアメリカ側に入った。

ふたたび停まったトラックから、ふたりの男性がおりてきた。迷彩服を着て、自動拳銃を腰につけたウィンスロー・グレーンジが四人に歩み寄った。そのかたわらに、長身で上品なヒスパニック系の男性がいた。波打つ漆黒の髪と、黒い大きな瞳の持ち主だ。グレイシーに目をとめた男性の整った口元がほころんで、角張った顔が笑みくずれた。

「赤ん坊ができたのか？　おめでとう！」

グレイシーが笑って将軍と握手をした。「夫もわたしも大喜びよ。お元気でしたか?」

「サプライズ・パーティーの準備で大忙しだ」将軍が国境警備隊員を意識しながら言った。「あいにく、それ以上詳しいことは言えない」

「残念です」警備隊員がくすくす笑った。

グウェンが前に進み出た。「お目にかかるのは初めてですが、わたしの名前はすでにご存じかと思います」穏やかに言いながら将軍に握手を求める。

「グウェンドリン・キャサウェイ、CIAのエージェントです」

将軍は彼女と握手をし、手の甲に唇を押し当ててから、彼女の隣にいる長身の青年に目をやった。長い黒髪をポニーテールにしている青年は、どこかで見たような顔をしていた。「きみのボーイフレンドかい?」将軍がグウェンに問いかけた。

「彼は、その……」彼女は咳払いした。「サンアントニオ警察のリカルド・マルケス巡査部長です」

エミリオ・マチャド将軍が探るような目でリックを見た。「マルケスか」

「はい」

将軍は好奇心をそそられたようだ。「見覚えのある顔だが、以前どこかで会ったかな?」

リックは将軍をじっと見つめた。「いいえ。でも、ぼくの母はソノラ出身で、ドロレス・オルティスという名前です。ぼくは母親似なんです」

マチャドがまじまじとリックを見た。「ドロレスはドリートという名の小さな村に住んでいた。わたしの古い知り合いだ。ジャクソンとかいう男と結婚したと聞いたが」

「ぼくの義理の父です」リックは言った。

「暴力的な男だったそうだな」

このときすでに、リックはマチャドに親近感を抱いていた。「はい。ぼくの体には、あの男につけられた傷がまだ消えずに残っています」

マチャドが深々と息を吸って、あたりを見まわした。「それにしても、会談のために妙な場所を選んだものだ。わたしをおびき出すための罠《わな》なのか？」

「いいえ」グウェンが言った。「ここまで来ていただいたのは、将軍にお伝えしなければならないことがあるからです。心して聞いてください」

沈黙が流れ、誰もが深刻な表情を浮かべた。

「周辺に狙撃手を配置したのか？」その場にいる者たちの顔を順番に眺めながら将軍がつぶやいた。「でなければ、グレイシーを誘拐した罪で逮捕するつもりか？」

「どちらでもありません」グウェンは静かな声で言い、深呼吸をした。今回は、ボスに損な役回りを引き受けさせられてしまった。「通常の経歴調査の過程で、あなたがかつてドロレス・オルティスと恋愛関係にあったことがわかりました。ドロレスはその後、ソノラで出産しています。今から三十一年前のことです」

マチャドは頭のなかで計算した。鋭い目でリカルド・マルケスを見つめているうちに、少しずつ事情がのみこめてきた。この青年の顔を見たとき、わたしはどこか懐かしい気がした。ひょっとして、この青年がわたしの……？　マチャドは一歩前に出て、沈んだ面持ちの青年をまじまじと見た。

マチャドの唇から冷ややかな笑いがもれる。

「なるほど、そういうことか。わたしは配下の者たちをひそかにバレラへ送りこみ、革命の機運が熟すのを待っている。軍事力による革命が成功し、わたしが復権するのは、ほぼ確実と言っていいだろう。そこできみたちは、今のうちにわたしに恩を売っておこうと考えたのだな。石油や天然ガスなどの資源が豊富なバレラは、戦略的にも重要な場所にある」

マチャドは厳しい目でリックを見た。「きみたちは適当な候補者を見つくろい、わたしの息子にしたてあげたのだろう？　わたしがこんな茶番にだまされると思ったのか？」

「ぼくはあなたの息子だと名乗り出たわけじゃない」リックは冷たく言い放った。

マチャドが眉をつりあげる。「では、偽物だと認めるのか？」

リックは将軍をにらみつけた。「国外追放された南米の独裁者がきみの本当の父親だと言われても、ぼくは少しもうれしいとは思わなかった」

しばらくのあいだ無言でリックを見つめていたマチャドが吹き出した。

「リック」グウェンがたしなめるように言った。

「ぼくの本当の父親は、メキシコのどこかにある墓に眠っているはずだった。だが、彼女はそれを否定し、あなたの本当の父親は生きていると言った……」リックはグウェンを指さした。

「あなたにその話をしたのは、わたしじゃないわ。あなたのお母様よ」

「確かに、ぼくは母から出生の秘密を聞いた」

「きみの母親は、すでにこの世にいないはずだ」マチャドが眉をひそめた。

「実母と義理の父親を交通事故で亡くしたあと、バーバラ・ファーガソンという女性が、身寄りのないぼくを引きとって育ててくれたんだ」

マチャドは無言だった。若いころ、わたしはドロレスと知り合って深い仲になった。ある夜、ふたりでいるところを彼女の父親に見つかって、〝命が惜しければ、二度と娘に近づくな〟と脅された。わたしはそのあと、仕事のつごうで別の村へ引っ越した。それっきり、ドロレスには会っていない。

別れたとき、ドロレスは身ごもっていたのだろうか？　彼女と関係を持ったとき、避妊をした覚えはない。だが、わたしはまだ十四だった。十四歳で女性を妊娠させられるかどうか疑問だ。わたしはかつて、子供を授かろうとして失敗したことがある。その結果、自尊心に傷を負い、男性としての能力に疑問を抱くようになったのだ。それ以来、自分には子種がないと思いこんでいた。

だが、今日ここで、その思いこみをくつがえす証拠を突きつけられた。この青年は本当にわたしの息子なのだろうか？

マチャドは一歩前に出た。リカルドという名の青年は、わたしにそっくりの目と、母親譲りのきれいな歯の持ち主だ。わたしのように背が高く、がっちりした体つきだが、黒い髪にウェーブはかかっていない。絹のように滑らかで、くせのない髪の持ち主だった母親に似たのだろう。

「グレイシーの口ぞえがあるとしても、そう簡単にきみをわたしの息子として認めるわけにはいかない」マチャドが言った。

「ぼくがここへ来たのは、息子であることをあなたに認めてもらうためじゃない」リックは言った。「グウェンの意をくんだラミレスがグレイシーを仲立ちにして、親子の対面のお膳立てをしたんだ。ぼくをここへ引きずり出したのは連邦政府のお役人だ」リックは肩をすくめた。「といっても、あなたの前で口にするべき台詞《せりふ》は教えてくれなかった。きっと、まだ台本ができてないんだろう」

マチャドは唇を引き結んでから声をたてて笑った。「お役所仕事とは、そういうものだ。わたしにはわかる。かつて大統領として政治を動かしていたからな」マチャドのなかば閉ざされた目が輝いた。「いずれまた頂点に立つつもりだが」

「近い将来、そうなるでしょう」グウェンが言った。

「とりあえず」マチャドはリックを値踏みするような目で見ながら言葉を継いだ。「きみが本当にわたしの息子であるという証拠を見せてもらおう。疑いようのない証拠をな」

8

「そんな目でぼくを見ないでくれ」リックは静かな声で言った。「ぼくは何かを証明するためにここへ来たわけじゃない」

グウェンが前に出て、書類を一枚バッグから出した。「言葉だけで信用していただけるとは思っていません、将軍。マルケス巡査部長が健康診断で採取した血液を使い、勝手にＤＮＡ鑑定をさせてもらいました」グウェンが申し訳なさそうにリックを見た。「ごめんなさい」

リックはため息をついた。「しかたないさ」

マチャド将軍は眉間にしわを寄せ、鑑定書にじっくり目を通してからグウェンに返した。「鑑定の結果には信頼が置けそうだ」

グウェンがうなずいた。

ズボンのポケットに両手を突っこみ、けわしい顔をして、ひとりだけ少し離れて立っていたリックをマチャドの視線がとらえた。

将軍はいささかうろたえつつ、黒々としたまつげ越しにリックを見つめた。今までの自分の人生をひっくり返されたような気分だった。このわたしに息子がいた。その息子は警察官だという。なかなかの色男で、頭も悪くなさそうだ。態度だけは、いただけないが……。

「ぼくは野球が嫌いだ」リックは将軍の視線を意識して、そっけなく言った。

マチャドがけげんそうに眉をつりあげる。「野球が嫌いとは、どういうことだ……？」

「親子の絆《きずな》を深めるために野球の試合を見に行こうと誘われるかと思ったんだ。ぼくは野球よりサッカーのほうが好きだ」

マチャドの黒い瞳がきらめいた。「わたしもだ」

「わたしが言ったとおりでしょう?」グウェンが言った。「もう共通点が見つかったわ……」

「伏せろ!」

リックはすばやく反応し、将軍が発した言葉にとまどっていたグウェンにタックルして地面に組みふせた。ラミレスが防弾ガラスつきのリンカーンにグレイシーを乗せ、マチャド将軍が携帯していた銃を抜きながら地面に身を伏せる。それと同時にグレーンジが軍用ライフルを連射した。

「何が起こったんだ?」リックは叫びながらグウェンとともに銃をかまえると、弾丸が飛んでくる方角を確認し、姿の見えない敵の居場所を見きわめようとした。

「カーヴァー、爆破しろ、今だ!」グレーンジがトランシーバーに向かって叫んだ。

数秒後、すさまじい爆発音とくぐもった悲鳴が聞こえた。それから一分ほど過ぎたころ、車のエンジン音がして、正体不明の敵を乗せた車が砂煙を立てて走り去るのが遠くに見えた。

グレーンジがにやりとした。「支援部隊は必ず配置するようにしているんだ」

「さすがね」グウェンが言った。「わたしは待ちぶせされる可能性を考えに入れてなかったわ!」

「きみのお父上なら手を打っていただろう」

グウェンはグレーンジの言葉をさえぎるように片手をあげて首を横にふった。

「彼女の父親を知っているのか?」リックがきいた。

「数年前にポーカーをして親しくなったんだ」グレーンジが言った。「なかなかの好人物だ」

「ありがとう」グウェンは礼を言った。父親の身分は明かさないでほしいという彼女の気持ちは、グレーンジに伝わったようだ。

リックは砂まみれになったジャケットとズボンを手ではたいた。「まいったな。クリーニングに出したばかりなのに」

「服はコットンにかぎる。汚れ落ちがいいからな」身につけているジーンズとシャツを指さしながらマチャドが言った。

「さっきの襲撃者は何者だったのかしら?」グウェンは陰鬱な顔で問いかけた。

「フエンテスの一味だ」マチャドが吐き捨てるように言った。「わたしはすでに連中とは手を切った。連中はその腹いせに我々を襲ったのだろう」

「フエンテスの一族は全滅したんじゃないの?」グウェンは驚いた。

「ほぼ全滅したが、まだフエンテスの弟がひとり残っている。愚かな男さ。権力の亡者と言っていい」将軍が言った。「とある政府機関のために、わたしの動向を探っているのだ。といっても、CIAとつながっているわけではないから安心したまえ」将軍がグウェンにほほえみかけた。

ラミレスがグレイシーを車に乗せたままもどってきた。「危険だから、グレイシーはもう表に出さないほうがいい」

「そうだな。ショックを受けたのではないか?」マチャドが気遣わしげに尋ねた。

「大丈夫だ。グレイシーは肝が据わっているから」グレーンジはそこで眉をひそめた。「フエンテスをあやつっている政府機関とはどこだろう?」

「おそらく、きみの所属する機関だ」麻薬取締局が背後にいると、マチャドは暗に指摘した。

ラミレスがため息をついた。「上層部にどこかのスパイが潜りこんでいることはわかっているが、まだ人物の特定ができていないんだ」

「キルレイブンに調べさせるべきだわ」グウェンは淡々とした口調で言った。

「そうすべきだと思うが」ラミレスが言った。「今は国境を越えて麻薬を持ちこもうとするメキシコの武装集団との闘いで手いっぱいなんだ」ラミレスはリンカーンに乗っているグレイシーと窓越しに話をしている国境警備隊員をちらりと見た。「国境地帯に配置された同僚たちは、つねに命の危険にさらされている。数カ月前にも、ベテランのエージェントが殺されそうになったんだ。その後、彼は麻薬取締局をやめて、ワイオミングで牧場を経営している兄弟たちのもとへ帰った。我々にとっては大きな損失だ。彼は凄腕《すごうで》の局員で、多くの情報源を握っていたから」

「わたしなら、きみが必要としている情報を提供できる」狙撃手がひそんでいた丘に目をやりながらマチャドが言った。「その前に、フエンテスの一味をなんとかしなければならないが」

「今の言葉は聞かなかったことにします」グウェンがきっぱりと言った。

「ぼくもだ」ラミレスも同意した。

「ぼくは聞き捨てにはできない」リックは冷ややかな口ぶりで言った。「ミセス・ペンドルトンは告訴を拒んだが、あなたは誘拐犯としてアメリカで指名手配されている」

マチャドが目をみはった。「実の父親を捕まえて当局に引き渡すつもりか？」

「ぼくは法を遵守したいだけだ」

「きみは法令全書をつねに持ち歩いているのか？」マチャドがきいた。

リックは将軍をにらんだ。「ぼくは長年、警察官として働いてきた」

「驚いたな。わたしにとって法律とは、破るためにあるようなものだった。今日ここへ来て初めて息子の存在を知らされたが、その息子は融通のきかない石頭だった。ことによると、きみとわたしが親子だと証明したDNA鑑定で不正が行われたのかもしれないな」将軍がさげすむような目でリックを見た。

「わたしはスーツも長髪も好みではない。きみのその格好は、まるでヒッピーだ！」

リックは将軍をにらみつけた。

将軍がリックをにらみ返す。

「さっきの狙撃手だが」ラミレスが言った。「援軍を引き連れてもどってくるかもしれない」

「その可能性はあるな」マチャドがグレーンジに向き直った。「周辺の丘陵地帯を掃討するよう部下に命じてはどうだ？」

グレーンジがほほえんだ。「すでに掃討命令をだしました」

「さすがだな。バレラで新政府を樹立したあかつきには、きみに全軍の指揮をまかせよう」

将軍の言葉にラミレスが喉をつまらせ、グウェンも顔色を変えた。リックはなぜふたりがうろたえたのかわからず、いぶかしげにふたりを見た。

「そろそろ帰る時間だ」ラミレスがリンカーンのほうを指し示した。「できるだけ早くグレイシーを家に帰すとジェイソンに約束したんだ。帰りが遅くなったら、国境地帯へ捜索隊を派遣するかもしれない。ジェイソンは敵にまわしたくない男だから、早くグレイシーを帰さないと」

「確かに、ジェイソンは敵にまわすと怖い相手だ」グレーンジが言った。

「親子の対面をお膳立てしてくれたことに礼を言っておこう」マチャドがラミレスに握手を求めた。

ラミレスは将軍と握手をしながら口元をほころばせた。「ぼくはただ、遠縁に当たるメキシコ大統領に頼まれて立ち会っただけです」

マチャドは感心したようだった。「バレラの革命が成功し、メキシコと貿易協定を締結することになったら、きみに仲立ちを頼むとしよう」

「いいですよ。それじゃ、お元気で」

「きみもな」

グウェンとリックは、ラミレスとグレイシーに手をふったあと、マチャドに向き直った。

「ぼくたちも帰ろう」リックは硬い声で言った。「早く仕事にもどらないと」

マチャドがうなずき、謎めいた目で息子を見た。

「きみとはまた会うことになるだろう」

「たぶん」リックは言った。

「そのときは、敵に襲撃されるおそれのない安全な場所で会いたいものだ」

「だったら、火星にでも行かないと」

マチャドが笑った。「グレーンジ、もどるぞ」

「イエス・サー」

マチャドがグウェンの手の甲にそっと唇を押し当てた。「きみに会えてよかった、セニョリータ」ビロードのように滑らかな声だった。

ふたりのあいだに割りこんだリックがグウェンの手をひったくり、マチャドをにらみつけた。グウェンはうれしくて頭がくらくらした。

マチャドが黒い瞳をきらめかせた。「なるほど、そういうことだったのか」

「そういうこととは、どういうことだ?」リックは気まずそうにグウェンの手を放した。

「なんでもない。また連絡する」

「わざわざ来てくださってありがとう」グウェンが将軍に礼を言った。

「今日の会見は実に楽しかった」将軍はグウェンにウインクしてみせると、おどけたような目でリックを見た。それからグレーンジとともに小型トラックに乗りこんで、国境のかなたへ走り去った。リックは複雑な思いでトラックを見送っていたが、国境警備隊員に別れを告げて、グウェンと一緒に愛車のほうへ歩いていった。

その後、リックは何日かオフィスにこもっていた。きっと、ひとりで気持ちの整理がしたいのだろう。グウェンはそう推測し、リックをそっとしておいた。

グウェンには、女子大生殺人事件の捜査という仕事もあった。署を出た彼女は、犯行現場付近の住民のききこみを開始した。

「被害者の女子大生に親しい友人はいましたか?」グウェンは現場近くに住む老婦人にきいた。老婦人の部屋には猫が何匹もいたが、飼い主の世話が行き届いているらしく、どの猫もきれいで栄養状態がよく、いやな臭いはしなかった。

「猫ちゃんがたくさんいることにお気づきになった?」老婦人の顔に若々しい笑みが浮かんだ。「わたし、この子たちのお守りをしているの」

グウェンは目をしばたたいた。「お守り?」

「猫のベビーシッターみたいなものよ。ご近所に四軒ほど猫ちゃんを飼っているお宅があってね、近ごろは行方知れずになるペットが多くて心配だから、わたしがご近所の猫ちゃんたちを預かっているの。体が不自由なわたしには、いいお小遣い稼ぎになるわ。仕事で家を留守にしているあいだに毛皮を着た〝家族〟が行方不明になる心配をしないですむから、飼い主さんたちも安心できるし」

グウェンは笑った。「すてきなお話ですね」

「どうもありがとう。わたしはペットを飼いたくても飼えないから、こうして猫ちゃんたちのお守りをしているの」

グウェンは老婦人が座っているリクライニングチェアの横のサイドテーブルに目をやった。テーブルの上に、薬のボトルがいくつか置いてある。

「年金から薬代を支払うと、生活費や食費として使えるお金があまり残らないの」

グウェンは同情した。「大変ですね」

老婦人がため息をついた。「今は不景気だから。将来の見通しも暗いわ」老婦人が眼鏡の上からグウェンを見た。「老い先の短いわたしだけれど、もしも宇宙人が実在していて、実験台になる人間をさがしているなら……」老婦人が片手をあげた。「わたしが立候補するわ。私利私欲のために自然を破壊する人間のいない緑豊かな星に移り住みたいの」

「あなたとは気が合いそう」グウェンはにっこりほほえんだ。

老婦人がうなずいた。「ご近所の娘さんの話にもどりましょう。わたし、自衛のための警戒は怠らないようにしているの。わたしには侵入者を撃退する力はないし、銃を持っているわけでもないから。不審者を見たらすぐわかるように、このアパートメントの住人の顔はすべて覚えたわ」老婦人が眉をひそめた。「殺された娘さんは、薄汚い身なりの若い男につきまとわれていたの。娘さんがその男を冷たくあしらうことはなかったけれど、部屋には決して通さなかったわ。その男が最後にここへ来たときは、警察が出動する騒ぎになったのよ。警察は娘さんの部屋に数分いただけで帰ったようだけれど」

警察が出動したなら、そのときの報告書が残っているはずだ。グウェンはメモ代わりにしている携帯電話に老婦人から得た情報を保存した。

「それ、便利でいいわね」老婦人が言った。「猫ちゃんの飼い主さんのなかに、それと同じのを持っている人がいるの。ネットサーフィンをして、食品とか本とか、いろいろなものを買えるんですって。今の時代にそういう便利なものがあったなんて知らなかったわ。わたしは古い人間だから」

クリスマスには、このすてきな老婦人に携帯電話とテレホンカードを匿名でプレゼントしよう。グウェンは心に決めた。

「確かに、携帯電話があると便利です」グウェンは笑顔で言った。「情報提供に感謝します。とても参考になりました」

「わたしも楽しかったわ。あなたは若いから、いろいろすることがあって忙しいでしょうけれど、暇を持てあましたら、またうちへ遊びにいらっしゃい。七〇年代のＦＢＩについて話してあげるわ」

グウェンは驚きに目をみはった。

「わたしはかつてＦＢＩに勤めていたの」老婦人が言う。「女性捜査官の草分け的な存在だったのよ」

「そのお話、ぜひお聞きしたいわ」グウェンは言った。「時間を作って、またお邪魔します」

老婦人の顔が輝いた。「ありがとう！」

「わたしにもお礼を言わせてください。実はわたし、開拓者とか先駆者が大好きなんです」

署へもどってから、グウェンはききこみをしていて出会った老婦人のことをリックに話した。

「ああ、イブリン・ドーシーのことだな」リックが笑顔でうなずいた。「彼女はＦＢＩでも伝説的な存在なんだ。ガロン・グリヤが、ときどきようすを見に行っているはずだ」ガロンはキャッシュの兄で、ＦＢＩのサンアントニオ支局の責任者だ。「現役の捜査官だったころ、イブリンは誘拐事件を未然に防いだことがある。犯人グループと銃撃戦をくりひろげ、二名に傷を負わせたが、イブリン自身も撃たれて瀕死《ひんし》の重傷を負ったんだ。彼女は意識を失う前に、現場から逃走した犯人グループが乗った車のナンバーと特徴を無線で仲間に伝えた。その結果、十五キロほど離れた地点で犯人グループを逮捕できたんだ。当時は無線が車内に設置してあるだけだったから大変だっただろう」

「そうでしょうね。ミズ・ドーシーは女子大生殺人事件の捜査にも協力してくれたわ。彼女が提供してくれた情報どおり、女子大生の通報で警官がアパートメントに駆けつけていたの。今、その件で報告書を提出した警官をさがしているところよ」

「早く犯人を捕まえたいな」

「犯人逮捕は、未解決事件の専従捜査班の切実な願いでもあるわ。迷宮入りした事件ともかかわりがあるみたいだし。専従捜査班のなかに、最初の被害者と血縁関係のある刑事がいるの」

「つらいだろうな、身内が被害に遭うと」

「ええ」グウェンはリックのデスクに歩み寄った。

「あなたはどう？　大丈夫？」

リックが顔をゆがめた。「大丈夫じゃない」そう答え、力ない笑みを浮かべる。

「今夜うちへ来て『トワイライト』のDVDを一緒に見ない？　宅配ピザでも食べながら」

リックが首をかしげ、口元を大きくほころばせた。

「それはいいアイデアだ」

グウェンはにっこりした。「そう言ってもらえてよかった。ピザのトッピングは、マッシュルームとチーズとペパローニ・ソーセージがいいわ」

リックが眉をつりあげた。「ぼくに関する調査ファイルを読んだのかい？」

「いいえ。なぜそう思ったの？」

「マッシュルームとチーズとペパローニ・ソーセージは、ぼくの好物だから」

グウェンは、うれしそうにほほえんだ。「また共通点が見つかったわね」

「さがせばもっと見つかるはずだ」

「ええ、きっと」

リックは女性に人気のある映画が苦手だったが、なぜか『トワイライト』には引きこまれてしまった。ピザやコーヒーに手を伸ばすときも、テレビの画面から目を離せないほど熱中した。

グウェンは自分の大好きな映画をリックが気に入ってくれたことがうれしかった。靴を脱ぎ、ソファに座っている彼の隣に丸くなって座り、満ちたりた沈黙に包まれて映画を鑑賞する。リックと一緒にいると、自分でも不思議に思うほど心が安らいだ。まだつき合いはじめたばかりなのに。

画面のなかで吸血鬼とヒロインがラブシーンを演じていたとき、リックがグウェンをちらりと見た。

「この映画はおもしろいと言ったきみの言葉は正しかった」

「小説も最高よ。わたし、全作品が好きなの」

「だったら、ぼくも読んでみようかな。好感度の高いキャラクターが、これほど多く登場するストーリーは珍しい」

グウェンはコーヒーに口をつけた。「確かに、『トワイライト』に登場する吸血鬼は悪役じゃないわね」

「妙だな。好感度の高いモンスターなんて」

「彼らはモンスターじゃないわ。普通の人間とは違うから、誤解されやすいだけよ」

リックが吹き出した。

「もっとピザを食べる?」グウェンはきいてみた。

「もうひと切れぐらいなら」

「わたしも」グウェンはピザをとってきた。

食べ終わると、体を丸めてリックに寄りそいながら、ヒロインが恋人の家族に紹介されるシーンを見た。それから雨のなかの野球の試合があり、危険な吸血鬼たちが登場して、九死に一生を得たヒロインがギプスをつけたまま恋人と高校のダンスパーティーに出席するシーンでエンディングを迎えた。

「ジェットコースターのようにスリリングな展開だったな。続きはあるのかい?」

「ええ、あるわ。二作目を見たい?」

リックはグウェンに向き直り、その輝かしい顔を見て唇を引き結んだ。「二作目を見るのは、あとでいい」そう言って、グウェンを膝の上に座らせる。

「ぼくは今、愛情欠乏症で苦しんでいるんだ。なんとかしてくれないか？」

「まかせて！」

小声でささやいたグウェンの唇をリックの唇がふさいだ。リックの口づけが、しだいに濃厚で切迫したものになっていく。お互いの唇の感触と味になじむにつれて快感が募り、あともどりができなくなりそうだった。

ふと気づくと、リックはグウェンに覆いかぶさっていた。いつかの夜のように、ふたりとも半裸になっている。リックは激しく脈打つ彼女の温かい喉元に顔をうずめた。

「ぼくはもう死にそうだ」

「わたしも」グウェンがおののきつつささやいた。

頭をもたげたリックの瞳には苦悩が宿っている。

「ぼくと結婚する気はあるかい？」

グウェンが目をしばたたいた。

衝動的に結婚を口にするのは、誰よりも冷静沈着なリックらしくないことだった。とはいえ、リックはグウェンに完全にのぼせあがっていた。ぼくがぐずぐずしているうちに、ほかの誰かにグウェンをさらわれてはたまらない。ぼくもグウェンも昔かたぎの人間だが、肉体的な相性は抜群だ。こうなったらもう結婚するしかない。

リックはため息をついた。「きみとぼくは精神的にも肉体的にも相性がぴったりだ。似たような仕事をしていて、共通の人生観を持ち、中流家庭で生まれ育った。今から車でメキシコへ行って結婚しないか？　式をあげたら――」意味深長な目をして言いそえる。「罪の意識を感じることなく愛し合える」

〝わたしはミドルクラスの出身じゃないの〟グウェンはそう告白しようとした。けれども、募る欲望を解き放ち、体のほてりをさましたいという願望に負けてしまった。わたしはリックを愛している。彼もわたしを気に入ってくれた。そしてお互いに、子供がたくさんいる家庭を築きたいと考えている。ふたりの結婚はうまくいくはずだ。うまくいくよう、わたしが努力すればいい。

「わたしの返事はイエスよ」グウェンは答えた。

リックが体を起こし、携帯電話を手にとった。

「もしもし、ラミレス？　こんな時間に電話してすまない。マチャド将軍と話がしたいんだが、直通電話の番号を教えてくれないか？　将軍の助けが必要なんだ――」そこでグウェンをちらりと見る。「プライベートなことで」

ラミレスがため息をついた。「しかたがない。きみに一つ貸しができたと思っておこう」

「それでいい」

しばらく待たされたあと、リックはグウェンに持ってこさせたメモに電話番号を書きとめた。「恩に着るよ！」ラミレスに礼を言って電話を切り、教えてもらった番号にかけてみる。

「もしもし、ぼくは――」リックは一瞬、言葉につまった。「息子のリックです。メキシコで結婚式をあげたいんですが、立ち会ってもらえませんか？」

将軍がスペイン語でまくしたてたので、リックもスペイン語に切り替えて事情を説明した。息子が不道徳なことをしようとしているわけではなく、ちゃんとした式をあげたいと考えているのだとわかると、将軍はようやく気を静めてくれた。しばらくして、リックの口元がほころんだ。

「ありがとう」リックが電話を切ってグウェンに向き直った。「白いドレスを持っているかい？」

「もちろん！」グウェンは隣の部屋へ飛んでいき、大急ぎでドレスを身につけた。

髪はまとめず、おろしたままにしておいた。パフスリーブのドレスは体にまつわりつくようなデザインで、ビーズをちりばめたショールがついている。

白いドレスをまとったグウェンは汚れない若さにあふれ、このうえなくセクシーだった。

その姿にリックの肉体が反応した。「気にしないでくれ」リックが咳払《せきばら》いして言った。

「わかったわ」グウェンはくすくす笑いながら彼に歩み寄り、その瞳をじっと見た。「本気でわたしと結婚するつもり?」ためらいがちに問いかける。

リックが両手で彼女の顔を包んで優しいキスをした。「ぼくに迷いはない。怖くなったのかい?」

グウェンは夢見るような目をしてかぶりをふった。「怖くなんかないわ」

リックがほほえんだ。「ぼくもだ。結婚したら、銃の弾薬も共有できるから経済的だ」

グウェンは思わず吹き出した。「その話、パパにも聞いてもらわなくちゃ。結婚式に呼べなかった理由を説明するついでに」

リックが眉根を寄せた。「ぼくも母さんに言い訳しないといけないな。でも、しかたがないさ。母さんたちの到着を待っている余裕がないんだ。きみとぼくは駆け落ちするんだから」

「あなたのお父様が式に立ち会ってくださるわ」

「立会人は、ぼくの父親か」リックが笑みを浮かべた。「さあ、行こう」

マチャド将軍は国境でふたりを待っていた。将軍の先導で未舗装の道を進んでいくと、やがて小さな村に着いた。真新しい鐘のある教会の前で将軍の車が停《と》まった。

「わたしがあの鐘を寄付したんだ」将軍が誇らしげに言った。「この村の住民は気のいい連中ばかりだ。教会の司祭もアメリカから来た好青年だ」将軍がリックとグウェンを交互に見た。「うっかりして、ふたりの宗派をきくのを忘れていたが……」

「カトリックです」ふたりは声をそろえて言ったあ

と、顔を見合わせて吹き出した。

「ぼくたちは、ずっと前から結婚を約束していたわけじゃない」リックが説明した。

「それでも、いい式になるだろう」将軍が満面に笑みをたたえた。「司祭を待たせてあるから行こう。ふたりとも、結婚することに迷いはないいな？」

グウェンは胸に秘めた思いをこめてリックを見た。

「ありません」

「全然」リックの黒褐色の瞳がきらめいた。

「では、式をあげるとしよう」

グウェンは将軍にエスコートされ、教会の通路を進んでいった。教会のなかは、ふたりの結婚を祝うために集まった村人でいっぱいだ。

司祭が慈愛に満ちた笑みをたたえ、ふたりの結婚式がはじまった。式は順調に進み、指輪の交換をするところまで来た。

リックが顔色を変えた。「指輪を忘れた」

将軍が息子を小突いた。「そんなことだろうと思って、これを用意していたんだ」将軍から新郎へ、ゴールドの小さな指輪が渡された。「結婚式には古いものを一つ身につけるといいというからな。その指輪は、わたしの祖母の形見だ」将軍がほほえんだ。「曾孫《ひまご》の嫁にはめてもらえば本望だろう」

「なんてきれいなの」グウェンがささやいた。「どうもありがとう」

リックは将軍から受けとったリングをグウェンの指にはめた。サイズはぴったりだ。ふたりが夫婦になったことを司祭が宣言したあと、リックは身をかがめて花嫁にキスをした。こうして、ふたりの結婚式は終了した。

その後のことは、ふたりともはっきり覚えていなかった。記憶にあるのは、グウェンのアパートメントにもどり、着ていた服をかなぐり捨てて、長い時間をかけてベッドで愛し合ったことだけだ。初めての愛を交わしたあと、ふたりは心地よい疲労感に包まれて、汗に濡《ぬ》れた体をベッドに横たえた。

乱れていた息遣いがもとにもどると、どちらからともなく手を伸ばし、ふたたび愛し合った。

「結婚生活がこれほど楽しいものだとは、夢にも思わなかったよ」ふたりがようやく眠気をもよおしたとき、リックが言った。

グウェンは夫に寄りそい、満ちたりたぬくもりに包まれて穏やかに笑った。「わたしもよ。結婚って、もっと堅苦しいものだと思っていたわ。結婚は子供を授かるためにすることで……」

リックはやましそうに口をつぐんだ彼女を見た。

「きみもぼくも、子供がほしいと思っているんだから、何も問題はないんじゃないか？」

グウェンはほっとした。「それもそうね」

「ふたりの男女が愛し合い、結婚して家庭を築く。それだけのことさ」リックの瞳が燃えていた。「これからふたりで年を重ねていこう。だがその前に、ひともんちゃく起こるだろうな」リックが心配顔で言った。「母さんに黙って結婚したから」

「わたしもパパに大目玉をくらいそう。結婚式に呼んだとしても、仕事で忙しいから来られなかったと思うけれど」

「お父さんは軍務に服しているのかい？」

「ええ」グウェンには不安があった。リックにはまだ、自分の家族や生い立ちのことを話していないのだ。話せばもめるとわかっているので、今夜は何も言わないことにした。グウェンはリックにぴったり寄りそい、その体に両腕をまわした。「禁欲生活が長かったにしては、ベッドのなかでのあなたは最高だったわ」

「ぼくも同じ言葉をお返しするよ」リックが笑って彼女を抱きしめた。「こういうことは自然にできるものさ。といっても、知識を得るためにいろいろな本を読んだことまで否定するつもりはないが」

グウェンは悪戯《いたずら》っぽい笑みを浮かべた。「わたしも、その種の本を何冊か読んだことがあるわ」

リックが身をかがめ、妻の唇にそっとキスした。

「お互いに、ふさわしい相手にめぐり合うまで待ってよかったな」真顔で言いながらグウェンの瞳をのぞきこむ。「時代の流れには乗り遅れたかもしれないが、ぼくたちはこれでよかったんだと思う」

「ええ、そうね。あなたの自制心の強さに感謝しないと。わたしの理性は崩壊寸前だったのよ。体に火がついたみたいだったわ！」

「ぼくだってそうさ。だが、ふたりのなれそめや結婚までのいきさつを孫や曾孫に語って聞かせている自分を想像して、思いとどまったんだ」リックが目を閉じた。「結婚は単なる法的な結びつきではなく、金色に輝く思い出であってほしいから」

グウェンは口元をほころばせ、彼のたくましい肩に唇を押し当てた。「さいわい、あなたはわたしの夫であると同時に、最高の友人でもあるわ」

「きみもぼくの最良の友だ」リックが彼女の髪にキスをする。「今夜はもうおやすみ。明日はふたりで嵐に立ち向かわなければならないから」

「どういう意味？」

「ぼくたちが結婚の報告をしたら、ホリスター警部補は泡を吹くだろう」

「警部補が？」

「ああ。なんとなく、そんな気がする」リックは言った。ホリスター警部補は、グウェンのことを憎からず思っていたはずだ。考えすぎかもしれないが、明日は大荒れの一日になりそうだ。

9

　次の日は、リックの予想をはるかに超える荒れ模様の一日だった。

「結婚した？」ホリスター警部補が叫んだ。

　グウェンはリックに寄りそって立った。「はい。式に招待できなくて申し訳ありません。盛大な式をあげるのはもったいないから、ふたりで駆け落ち同然の結婚をしたんです」

「駆け落ちか」警部補が椅子の背に寄りかかり、ため息をつきながらリックをにらんだ。「それにしても、急な話だな」

「お互いの気持ちがはっきりしていたので」リックは妻に笑顔を向けた。「婚約をして結婚までの時間をだらだらと過ごしたくなかったんです」

　グウェンがほほえみ返す。「ええ」

「とにかく、おめでとう」しばらくの沈黙のあと、警部補が立ちあがり、笑顔でふたりと握手をした。

「きみのお母さんの反応は？」

　リックは眉根を寄せた。「グウェンと結婚したことは、まだ母に報告していません」

「今日一日、ハネムーン代わりの休暇をとってはどうだ？」警部補が言った。「きみの仕事はゲイルにまかせればいい。息子が結婚したことを噂《うわさ》で聞いたバーバラが怒り狂って、バズーカ砲を抱えて署に乗りこんでくると困るからな」

「では、一日だけ休ませてください」リックは言った。「お心遣い、感謝します！」

「気にするな。わたしからのささやかな結婚祝いだ。明日は仕事にもどってくれ。ところで、きみはいつまでここにいられる？」ホリスター警部補がグウェンに問いかけた。

警部補はわたしがＣＩＡのエージェントであることを知っていてそんな質問をしたのだ、とグウェンは思った。「わかりません。上司にそのことを相談するつもりですが、わたしの上司と署長の話し合いで最終的な判断がくだされると思います」

「きみは貴重な戦力だ。できれば失いたくない」

グウェンは口元をほころばせた。「わたしもここを離れたくありません。たぶん、ＣＩＡの仕事を調整することになるでしょう」そこでリックをちらりと見る。「今までのように世界じゅうを飛びまわる仕事はしたくないんです。家庭があるので」

「刑事の仕事でよければ、いつでも歓迎するぞ」ホリスター警部補が言った。

グウェンは顔を輝かせた。「本当ですか？」

「むろんだ」警部補が請け合った。

「ちょっと待った。ぼくのためにＣＩＡをやめるつもりかい？」リックが驚いてきいた。

「ええ、そのつもりよ。もう旅はしたくないの。サンアントニオの町が気に入ったし」実のところ、ワシントンの社交界にもうんざりだった。もともと、パーティーや人ごみは苦手なのだ。グウェンの父親もパーティー嫌いだったが、近い将来、ワシントンの話題の中心になることは確実だった。グウェンは自分の父親が政府の要人であることをリックに打ち明けるのが怖かった。

「なるほど」リックが魅惑的な笑みを浮かべた。

グウェンは笑った。「そんなことより、あなたのお母様に結婚の報告をしないと」

「ぼくは母さんに殺されるかもしれない」

「鉢植えを持っていけば大丈夫」グウェンは断言した。「ガーデニング好きなお母様には、お花の賄賂の効果は絶大よ」

三人は大笑いした。

ふたりが結婚の報告をしたとき、バーバラは腹を立てる代わりに涙を流して喜び、息子とグウェンを抱きしめた。

「こんなにうれしいことはないわ！」

「喜んでいただけてよかった」グウェンは意気ごんで言った。「わたしたち、お母様の怒りをやわらげるための賄賂まで用意していたんです」

「賄賂？」バーバラが涙をぬぐってきいた。

グウェンはポーチに出ると、大きな鉢植えを持ってもどってきた。

「まあ、蚊帳つり草だわ！　わたし、ずっと前からほしいと思っていたの。それならサイズもちょうどいいわ！」

「お庭に植えていただこうと思って」

「いいえ、室内で育てるわ。成長促進用のライトを設置して、肥料をやって……」バーバラがためらいがちに言った。「あなたたち、こんなに急いで結婚する必要はなかったんじゃない？」

ふたりは大笑いした。

「グウェンもぼくも昔かたぎの人間だから、いいかげんなことはしたくなかったんだ」リックは温かい笑みを浮かべて育ての母に説明した。

「それはすてきね！　石器時代へようこそ！」バーバラがグウェンをきつく抱きしめた。「で、どこで暮らすつもり？　サンアントニオに新居を構えるの？」

新居の問題は、すでにふたりで話し合って決めてあった。「ジェイコブズビルのダウンタウンに売りに出ている古い家があるから、それを買って住むつもりだ。グリヤの家の隣さ。実を言うと今朝、手付金を払ってきたんだ」

「まあ！」バーバラがうれし泣きをした。「あなたたちは職場の近くに新居を構えると思っていたわ」

グウェンがＣＩＡのエージェントであることを母

に打ち明けるのは、今でなくてもいいだろう。彼はそう判断した。「母さんのそばで暮らしたいんだ」

「赤ちゃんが生まれたとき」グウェンがにっこりして言った。「すぐ会いに来られるように」

バーバラが額に手を押し当てた。「なんだか熱が出てきたみたい。ふたりとも、子供がほしいの？」

「もちろん」グウェンが笑顔で答える。

「子供は多いほうがいい」リックも言葉をそえた。

「孫ができたときに備えて、おもちゃ店のオーナーになるのもいいわね」バーバラがつぶやいた。「でもその前に、ヘルシーなベビーフードを作るために、有機栽培用の種を買いだめしておかないと」

「ぼくたちは昨日、結婚したばかりだよ」

「わかっているわ。今は十一月だから」バーバラがカレンダーをチェックした。「初孫が生まれるのは実りの秋になりそうね！」

リックとグウェンは呆《あき》れてかぶりをふった。

ふたりはバーバラと一緒に夕食をとったあと、三人でくつろぎながらテレビのニュース番組を見ていた。グウェンは満ちたりた表情を浮かべ、夫のかたわらに座っていた。

テレビの画面に有名な陸軍大将の写真が大きく映し出され、キャスターが笑顔で言った。「たった今入ったニュースです。引退が噂されていたデビッド・キャサウェイ将軍が、ＣＩＡの長官に任命されました。キャサウェイ将軍は過去二年にわたり、イラクに駐留するアメリカ軍の総司令官を務めた人物です」

バーバラがグウェンをちらりと見た。「偶然ね。あなたと名字が同じだわ」

画面のなかのキャスターがさらに言葉を継いだ。「キャサウェイ将軍のご子息のラリーは数カ月前、中東で極秘任務を遂行中に亡くなりました。将軍が新天地で幸運に恵まれるよう、お祈りしたいと思います。それでは次のニュースです……」

信じがたいものを見るような目でリックが妻を見つめた。「たしか、きみのお兄さんの名前もラリーだったたな？　中東で戦死したと聞いたが」

バーバラとリックがまじまじとグウェンを見た。

グウェンは深呼吸をして言った。「キャサウェイ将軍は、わたしの父よ」

リックには、その言葉の意味がのみこめなかった。

「CIAの新しい長官がきみの父親？」

「そんなところよ」グウェンが不安げにうなずいた。

ワシントンの社交界の名士たちのことは、リックも噂でいろいろ聞いていた。将軍の地位までのぼりつめた人物が貧困にあえいでいるはずはない。CIAの長官ともなれば、生活保護者のための食券とも縁がないはずだ。

「きみの実家について話してくれないか？」リックは静かに問いかけた。

グウェンがため息をついた。「わたしの実家はメリーランド州にあるの。数エーカーほどの敷地に大きな家が立っているわ。わたしの父は馬好きで、実家でサラブレッドを育てているの」グウェンが身をすくめた。

「お父さんの愛車は……？」

彼女がごくりと唾をのみこんだ。「ジャガーよ」

リックは立ちあがって彼女に背を向け、いらだたしげなため息をついた。「どうして今まで黙っていたんだ？」

「あなたに背を向けられるのがいやで黙っていたのよ」グウェンが嘆いた。「家族や生い立ちのことを話せば、わたしを見るあなたの目が変わってしまうわ。わたしはパーティーもレセプションも大嫌い！　CIAや警察の仕事のほうが、ずっと楽しいわ。リッチなお嬢様らしいイブニングドレスを着せられるのは、まっぴらなのよ！」

「リッチなお嬢様か」リックは髪をかきあげた。

「わたしには財産なんてないわ」

「だが、きみの父親は資産家だ」

グウェンが顔をゆがめた。「父は開拓時代から続く旧家に生まれて、ハーバードで学んだあと、ウエストポイントの陸軍士官学校に入ったの。もったいぶったところのない、ごく普通の人よ」

「そうだろうとも」

「リック――」グウェンが夫に歩み寄った。「わたしは父とは違うの。わたしには資産がないから、生活のために働いているわ。今着ているスーツだって、一年前に買ったものなのよ！」

リックはけわしい顔でふり返った。「ぼくのスーツは三年前に買ったものだ。愛車は小型トラックで、劇場へ行く金を捻出するのがやっとだ」

「時がたてば、わたしの父が政府の要人であることにも慣れるわ」

リックは重苦しいため息をついた。「きみとの結婚を急ぐべきではなかったのかもしれないな」

「いいえ。結婚を先延ばしにしたら、あなたはきっと、わたしの生い立ちについて知ったはずだわ。すべてを知ったうえで、あなたがわたしとの結婚に踏みきるとは思えない」

リックがとり返しのつかないことを言う前に、バーバラがふたりのあいだに割って入った。「グウェンの言うとおりだわ」バーバラは息子に語りかけた。「ここで不用意なことを口走ったら、あとで悔やむはめになるわよ。今夜はこのままグウェンに帰ってもらいましょう。あなたは一晩ひとりでじっくり考えなさい。そうすればきっと、晴れやかな朝を迎えられるわ」バーバラは携帯電話をとってきて電話をかけた。「もしもし、キャッシュ？　今からグウェンが帰るのだけれど、サンアントニオ方面へ行く誰かの車に同乗させてもらえないかしら？」

「いやよ！」グウェンは抗議した。

バーバラが片手をあげて彼女を黙らせ、にっこり笑った。「助かるわ。ありがとう！　今度カフェへ来たとき、アップルパイをごちそうさせて」バーバラが電話を切った。「キャッシュ・グリヤの部下のなかにサンアントニオに住んでいる人がいるの。これから家に帰るから、サンアントニオまであなたを乗せていってくれるそうよ。カールトン・エイムズという名前で、とてもいい人だから安心して」

リックは自分自身をののしった。ジェイコブズビルまで自分の車で行くと言っていたグウェンを小型トラックに同乗させたのは間違いだった。別の男の車に彼女を乗せるのは愉快なことではない。グウェンとぼくは結婚したのだ。夫婦でいられるのは今だけかもしれないが……。

「今夜はもうお帰りなさい。心配しないで」バーバラがグウェンを抱きしめた。「大丈夫だから」

グウェンは無理にほほえんでみせ、リックのほうに目をやった。だが、リックはそっぽを向いていて、彼女と目を合わせようとしなかった。グウェンは長いため息をついてコートをはおり、バッグを手にしてポーチに出た。グウェンを見送るために外に出たバーバラが玄関のドアを閉めた。

「あの子、実の父親に対面したことで精神的に不安定になっているのよ。でも、じきに落ち着くから安心して。あなたもちゃんと睡眠をとらなければだめよ。あなたがリックと結婚してくれて本当によかった！」バーバラがグウェンをふたたび抱擁した。「あの子がショックから立ち直ったら、あなたとふたりで幸せな家庭を築けるわ」

「そうだといいけれど。わたし、彼に嫌われるのが怖くて、家族のことを打ち明けられなかったんです」

「お父様には結婚の報告をしたの？」

グウェンは首を横にふった。「今夜、報告するつもりです。でも、喜んでもらえそうにないわ」

「リックがヒスパニック系だから……？」

グウェンは笑った。「とんでもない！　父は肌の色や宗教で人を差別したりしません。とても進歩的な人なんです。でも、わたしが父に黙って結婚したことは嘆くでしょうね」

「お父様はきっとわかってくださるわ。リックとも仲直りできるはずよ。あ、カールトンが来たわ！」

バーバラが手をふると、一台の車がポーチの前に停《と》まり、感じのよさそうな青年がおりてきた。「サンアントニオまで、ぼくの話し相手になってくれる人がいると聞いて来たんですが」

「ええ、グウェンよ。彼女はわたしの息子と結婚したばかりなの。グウェン、キャッシュの部下のカールトンを紹介するわ」ふたりを引き合わせたあと、バーバラが笑顔で言いそえた。「グウェンはサンアントニオに置いてきた自分の車をとりにもどるの。同乗させてもらうと助かるわ」

「彼女が自分の車でジェイコブズビルに引き返すときも、この車でお供しましょうか？」

グウェンは首を横にふった。「その必要はないわ。アパートメントで荷物をまとめなければならないから。気を遣ってくれてありがとう」

「どういたしまして。それじゃ、行きますか？」

グウェンはポーチをふり返ったが、玄関のドアは閉ざされたままだった。申し訳なさそうな顔をしたバーバラに笑顔を向けて、別れの挨拶をする。「じゃあ、また来ます。おやすみなさい」

バーバラが笑顔を作った。「おやすみなさい」

グウェンを乗せた車を見送ったあと、バーバラは家に入ってドアを閉めた。「リック？」

息子は電話中だった。こんな時間に誰と話しているのかしら。きっと、仕事の打ち合わせだろう。

電話を切ってリビングルームにもどってきたリックは、近寄りがたい雰囲気を漂わせていた。「ちょっと車で出かけてくる。すぐもどるから」

「グウェンは動揺していたわ。子供は父親を選んで生まれてくるわけじゃないのよ」

「わかっている。でも、家族のことをぼくにちゃんと話してほしかった」

「嫌われるのが怖くて話せなかったのよ。グウェンはあなたに夢中だから」

リックが赤面して目をそらした。「なるべく早くもどるよ」

いつになくよそよそしい息子の後ろ姿を見送りながら、バーバラは祈った。どうか、グウェンとリックが仲直りできますように……。

リックはカントリースタイルの酒場の前にトラックを乗りつけた。夜遅い時間なので、店内にはカウボーイが数人いるだけだ。リックは奥にいた客が手をふるのを見てそちらのほうへ歩いていき、向かいの席に腰をおろした。

年上の男の顔に愉快そうな笑みが浮かんだ。「きみがわたしに慰めを求めてきたことを喜ぶべきかな？　なぜ母親に相談しない？」

リックはため息をついた。「これは女性には理解できないことだから」

マチャド将軍が唇を引き結んだ。「そうなのか？」将軍が合図をすると、ウェイターが飛んできた。「若き友人にコーヒーを頼む」

「大至急お持ちします！」

リックは驚いて眉をつりあげた。「彼はバレラ解放のために働きたいそうだ」マチャドがにやりとした。「わたしと知り合うと、誰もが革命を夢見るようになる」

「そのようだ」さめた口調でリックは言った。

エミリオ・マチャド将軍は座席の背にもたれ、自分によく似た青年をじっと見た。「わたしたちはお互いに引かれるものを感じているようだ」

「そうかもしれない」

さっきのウェイターがもどってきて、コーヒーをいれたマグカップとスプーン、クリームと砂糖が入った容器をリックの前に置いた。「閣下、ほかにご用はございませんか？」

「いや、今はいい。ありがとう」

「お役に立てて光栄です！ 何かございましたら遠慮なく声をかけてください」

「ああ、そうする」

ウェイターが跳ねるような足取りで去っていった。マチャドは熱いコーヒーに口をつけるリックをじっと見つめていた。「結婚したばかりなのに、もう夫婦喧嘩《げんか》をしたのか？」

「彼女は嘘《うそ》をついていた。というか、だいじなことをぼくに黙っていたんだ」

「だいじなこと？」

「彼女の父親はＣＩＡの新しい長官だ」

「ああ、キャサウェイ将軍か。グレーンジは将軍と仲がいいらしい」

初めてマチャドに対面したとき、グウェンとグレーンジが交わした奇妙なやりとりがリックの脳裏によみがえった。グウェンは自分が有名な軍人の娘であることをぼくに知られないよう、それとなくグレーンジを口止めしたのだ。そう気づくと、リックはよけいに悲しくなった。

「彼女の父親は資産家だ」

「だが、きみはそうではない」マチャドは息子の苦悩を理解した。「グウェンを愛しているなら、父親が金持ちであろうとなかろうと関係ないじゃないか。きみの母親が大富豪で、彼女の父親が貧乏だったら、そこまで思い悩むかな？」

リックは身じろぎした。「わからない」

「わかっているはずだ。立場が逆だったら、きみは親の経済状態など気にもとめなかっただろう」

リックはコーヒーを少し口にふくんだ。マチャドの言うとおりだと認めざるをえない。

「わたしはバレラで巨万の富を築いた。ロールスロイスから自家用ヘリコプターに至るまで、ほしいものはすべて手に入れた。自分の部下が海外の石油資本と手を組んで、貧しい村人たちを迫害していた事実にも気づかなかった。神はそんなわたしにお怒りになったのだろう。石油と天然ガスは貴重な資源だ。だが、漁業をなりわいにしている村人たちにしてみれば、資源開発は迷惑なことでしかない」マチャドが口元をほころばせた。「彼らは大金持ちになることを望んではいない。ただ、穏やかな日々を送りたいと願っているだけだ。正しいのは、素朴な村人たちなのかもしれない。狂っているのは、文明という病に侵された世界のほうだ」

リックも笑みを浮かべた。「時計のない暮らしは、のんびりしていていいだろうな」

「まったくだ」マチャドが思いつめた目をして言った。「わたしはあまりにも不注意だった。だが、二度と同じあやまちはくり返さない。わたしを追放し、バレラの民衆を苦しめた連中には、つぐないをさせるつもりだ。必ずな」

父親の顔に浮かんだ表情を見て、リックはぞくりとした。「バレラの一般市民が迫害されていることは、ぼくも聞いて知っている」

「民衆に苦しみをもたらしたのは、このわたしだ。わたしは……友の警告に耳を傾けるべきだった。彼女はただ、考古学的な価値のある遺跡を開発の波から守りたい一心で、原住民の危機をわたしに訴えたのだと誤解してしまった」

「その考古学者は女性だったのか」

マチャドがくすくす笑った。「今は女性の考古学者など珍しくないはずだ。彼女はアメリカの小さなカレッジで教鞭《きょうべん》をとっていたが、バレラに滞在中に古代の遺跡を偶然発見したのだ」将軍の表情がけわしくなった。「噂では、彼女は投獄されたらしい。彼女の身にもしものことがあったら、わたしの魂は永遠にそのくびきから解き放たれないだろう」

「投獄される前にバレラを脱出したかもしれない」リックは父親の不安をやわらげようとした。「噂なんて、真実とはほど遠いものさ」

「そう思うか？」マチャドの悲しげな黒褐色の瞳に希望の光が宿った。

「望みはあると思う」

マチャドがため息をついた。「そうだな」

心配顔のウェイターが小走りでやってきた。「将軍閣下、パトカーが近づいてきます」興奮した口ぶりでウェイターが言った。

マチャドがリックに視線を投げる。「あなたをここへ呼び出したのは、逮捕するためじゃない」淡々とした口調でリックは言った。

「パトカーは地元の警察のものか？」マチャドがウエイターに尋ねた。

「はい。ジェイコブズビル署のパトカーです」

裏口から逃げるべきかどうかマチャドが迷っているうちに、堂々たる体躯《たいく》の長身の制服警官がドアを開けて店に入ってきた。大きな黒い瞳が印象的で、長く伸ばした髪をポニーテールにしている。警官は店内を見まわすと、マチャドと一緒にいるリックの姿に目をとめた。

リックは緊張を解いた。「心配ない。キャッシュ・グリヤだ」

「知り合いか？」

「ああ。グリヤはジェイコブズビルの警察署長で信頼できる男だ。政府直属の狙撃手だったという噂があるが、本当かどうかわからない」

マチャドがひそかに笑った。

ふたりのテーブルに歩み寄ったキャッシュの顔には深刻な表情がたたえられていた。「悪い知らせだ」

「わたしを逮捕しに来たのか？」マチャドが感情のこもらない声できいた。

キャッシュがマチャドをちらりと見た。「逮捕されるようなことをしたのか？」その口ぶりからして、相手が何者かわかっていないようだ。

「最近はしてない」マチャドは嘘をついた。

キャッシュがリックに視線をもどした。

「グウェンの身に何かあったんだな」リックは思わず叫んだ。

キャッシュがつらそうな顔をする。「実はそうなんだ。彼女は事故に遭って……」

リックは弾《はじ》かれたように立ちあがった。「大怪我《けが》をしたのか？」顔面蒼白《そうはく》になって尋ねる。


「グウェンとエイムズはジェイコブズビル総合病院へ搬送された」静かな声でキャッシュが言った。

「エイムズは重傷だ。グウェンは肋骨《ろっこつ》を折ったようだが……おい！」リックはキャッシュが話し終える前に酒場から飛び出した。

「待て！　わたしも一緒に行く！」マチャドがリックの背中に声をかけ、手早く勘定をすませると、ウエイターがうやうやしくお辞儀した。

キャッシュは困惑しつつパトカーにもどり、病院をめざして猛スピードで走り出した小型トラックを追いかけた。リックが運転するトラックは病院の急患用入口の前で停まったが、スピード違反の切符を切るつもりはなかった。

「ぼくの妻のグウェン・キャサウェイがここに搬送されたと聞いた」リックは事務員に話しかけた。

「あら、マルケス刑事」事務員が笑顔になった。

「ご結婚なさったんですか？　おめでとうございま

す。奥様は今、X線検査中です。ドクター・コルトレーンが治療を……」

「コパーか？　それともルーのほうか？」コルトレーン夫妻は、どちらもこの病院の医師なのだ。

「ルーのほうです」事務員が答える。

「ありがとう」

「そこに座ってお待ちください。ドクター・コルトレーンをお呼びします」

リックは事務員につめ寄りたかったが、歯をくいしばって耐えた。「わかった」

「長くはお待たせしませんから」事務員が院内電話を手にとった。

「そう心配するな」マチャドが息子にほほえみかけた。「グウェンにはガッツがあるから大丈夫だ」

リックは足元の大地が揺らぐような感覚に襲われた。グウェンにつらく当たらなければよかった。ぼくのせいで彼女は気が動転して……。いや、ハンドルを握っていたのは彼女ではない。エイムズは車の運転がうまかったはずだ。

リックはキャッシュに向き直った。「エイムズはどうして事故を起こしたんだ？」

「どうしてなのか、ぼくも知りたい」キャッシュが言った。「事故現場に残されたタイヤの跡から推測すると、別の車に当て逃げされたようだ。現場から逃走した車の行方を部下たちが追っている」

「なんなら、追跡のプロを紹介しようか？」マチャドがさりげなく申し出た。

キャッシュが値踏みするような目でマチャドを見る。「見覚えのある顔だ」

「わたしの写真が世間に流布しているとは思えないが」マチャドが答えた。

「以前どこかで会ったような気がする。そのうち思い出せるかもしれない」

マチャドが片眉をつりあげた。「思い出すのは、もう少しあとにしてくれ。息子のそばにいてやりたいからな」

「息子？」キャッシュは眉をひそめ、年かさの男を見た。「エミリオ・マチャドか」

将軍がうなずいて笑みを浮かべた。

「グウェンがあなたの写真を見せてくれた。グウェンに頼まれて、バーバラにリックの出生の秘密を明かしたのはぼくだ」

「そして、育ての母が息子に真実を告げたというわけか。配慮が行き届いているな」マチャドはそこで真顔になった。「グウェンと巡査の命に別状がなければいいのだが」

「ああ」キャッシュが言った。「当て逃げをした車の行方も気にかかる」

マチャドが一歩前に出た。「フエンテスの一味がわたしの計画を阻止するために動いている。連中はわたしを追放した男に雇われて、わたしの動向を探っているのだ。アメリカの麻薬取締局の上層部にも、組織と通じている者がいる。名前までは知らないが、いることは確かだ」

「くそっ」キャッシュが悪態をついた。

「事態は複雑な様相を呈している。わたしの闘争に息子たちを巻きこむつもりはなかったが」マチャドは待合室を行ったり来たりしているリックを憂わしげな目で見た。

「親なら子供を守りたいと思って当然だ。だが、ときとして、運命はそれを許さない。グウェンの父親に事情を説明したほうがいい」

「そうだな」マチャドは息子と話をしに行った。

「グウェンの父親か」リックはうめいた。「どうすれば連絡がつくのか、ぼくには見当もつかない」

「わたしにまかせてくれ」マチャドがにやりとして、使い捨ての携帯電話でどこかに電話をかけた。「グレーンジか？　わたしだ。グウェンが交通事故に遭って怪我をした。彼女の父親に電話して、そう伝えてくれ。彼女は肋骨を折ったようだ。詳しいことはわからないが……父親には知らせるべきだろう」

少し間を置いてマチャドが言った。

「頼んだぞ。グウェンはジェイコブズビル総合病院にいる」マチャドはそこで電話を切った。「グレーンジはグウェンの父親と仲がいいから連絡がつくはずだ」

リックは目をそらした。「こんな形で妻の父親に対面するなんて最悪だ」

「そうだな」マチャドが息子のうなじに腕をまわした。「だが、おまえなら対処できるはずだ。さあ、こっちへ来て座れ」

リックはマチャドに導かれるまま椅子に腰かけた。父親とは、なかなかいいものだ。

白衣を着たドクター・ルー・コルトレーンが笑顔で待合室に入ってきた。その場でグウェンの夫と義理の父親に引き合わされたドクターは驚いたようだ。リックがグウェンと結婚したことは、まだジェイコブズビルでは知られていないのだ。

「おめでとう」ふたりの結婚を祝福したあと、ドクターは慌てて言いそえた。「グウェンは肋骨が一本折れているけれど、軽傷だからじきに元気になるわ」ドクターがキャッシュに向き直る。「エイムズ巡査は頭部に傷を負っていて危険な状態なの。これからサンアントニオの大病院へドクターヘリで運ぶわ。今のところ、なんとか持ちこたえているけれど、あなたからご家族に連絡してもらえる？」

「エイムズには家族はいない」キャッシュが暗い笑みを浮かべた。「身内と言えるのは、上司であるぼくだけだ」

「じゃあ、何かあったらあなたに知らせるわ。リック、グウェンのところへ行くなら一緒に……」

10

「わたしの娘はどこにいる？」

　リックは背すじがぞっとした。冷ややかで威厳に満ちた声が響くと同時に、待合室の空気が凍りついた。声がしたほうをふり返ると、そこにアメリカ合衆国陸軍大将までのぼりつめた人物がいた。式典用の軍服を一分の隙もなく身にまとったキャサウェイ将軍の顔には、けわしい表情がたたえられている。黒い瞳も敵意でぎらついていた。

「わたしの娘を病院送りにした不届き者は、どこのどいつだ？」キャサウェイ将軍が怒鳴った。

　リックが返答に窮していたとき、バーバラが心配顔で病院に駆けつけた。彼女は待合室で大声をはりあげている軍人のかたわらで足を止めた。

「すさまじい剣幕だこと！」バーバラが辛辣に言った。「静かにしなさい。ここは軍の基地じゃないわ。病院なのよ！」

　キャサウェイ将軍がふり返り、しなやかな体つきのブロンドの女性を見おろした。

「きみは何者だ？」詰問口調で言う。

「静かにしないと警察に通報して、あなたの身柄を拘束してもらうわよ」バーバラはそう応じてから、息子に両手をさしのべた。「リック、グウェンの容態はどう？」

　リックは育ての母を抱きしめた。「肋骨《ろっこつ》が折れた以外、打ち身だけですんだから大丈夫だ」

「きみは誰だ？」キャサウェイ将軍がきいた。

　リックは義理の父親に向き直り、堂々と答えた。

「ぼくはグウェンの夫のリック・マルケス。サンアントニオ警察の巡査部長です」

「グウェンの夫だと？」

「そうよ。リックはわたしの息子でもあるわ」バーバラが言いそえた。

「わたしはリックの父親だ」マチャド将軍がバーバラとほほえみを交わした。

「きみたちは夫婦なのか？」キャサウェイ将軍がきいた。

バーバラが声をたてて笑った。「いいえ。この人はわたしには若すぎるわ」

マチャドが愉快そうな目をしてバーバラを見る。

「わたしは年上の女性が好きだ」

バーバラは何も言わずにかぶりをふった。

「娘に会わせてくれ」キャサウェイ将軍がドクター・コルトレーンに訴えた。

「いいですよ。回復室までご案内します。リック、あなたも一緒に来て」

キャサウェイ将軍はドクターがマルケス巡査部長に親しげに声をかけたことに驚いたようだった。

「この町では、誰もが顔見知りなんです」ドクターが説明した。「わたしは新参者ですが、この町で生まれ育った夫は、リックがバーバラの養子になったころから知っています」

「なるほど」

グウェンは鎮静剤を打たれて横になっていたが、夫と父親が回復室に入ってくるのを見て明るい表情を浮かべた。「パパ！　リック！　来てくれたのね」

リックがベッドに歩み寄って妻の手をとると、キャサウェイ将軍は反対側へまわった。

「心配をかけてごめんなさい」グウェンが言った。

「きみがあやまる必要はない」リックは妻の額にキスをした。「ぼくがばかだったんだ。許してくれ！　きみをエイムズと一緒に行かせるんじゃなかった」

「彼は無事なの？　不審な車がどこからともなく現

れて、わたしたちの車に体当たりしたの！　その車には男が三人乗っていたわ……」

「見覚えのあるやつはいたかい？」

「いいえ。でもたぶん、麻薬王フエンテスのたったひとり生き残った弟の仕業じゃないかしら」

「なんたることだ。フエンテスの一味をひとり残らず狩り出してやる」グウェンの父親が言った。

「それはぼくの父にまかせたほうがいいでしょう」

「きみの父親は何者だ？」キャサウェイ将軍がきいた。「どこかで見たような顔だったが」

「エミリオ・マチャド将軍です」リックは誇らしげに顔をあげた。

キャサウェイ将軍が唇を引き結んだ。「グレーンジの雇い主か。マチャドがバレラへの侵攻をくわだてていることは知っている。とはいえ、介入するつもりはない」

「当然です」リックは瞳を輝かせて言った。

「だが、我々は大義のために闘う者の味方だ」

リックはくすりと笑った。

「グウェン、おまえもとうとう結婚したか」将軍がかぶりをふった。「おまえの母さんに花嫁姿を見せたかったな。できれば、わたしも見たかった」

「内緒で式をあげてごめんなさい。わたし、パパが政府の要人だってことをリックに隠していたの」グウェンが唇を噛《か》みしめた。

「なぜ隠す必要がある？」キャサウェイ将軍が困惑顔できいた。

「ぼくが一介の刑事だからです」リックは自嘲ぎみに言った。「ぼくは三年前に買ったスーツを着て、小型トラックを乗りまわしています」

「トラックなら、わたしもよく運転するぞ」将軍が肩をすくめた。「くだらんことを気にしおって」

リックはグウェンの父親に好感を抱いて口元をほころばせた。

「ほらね、わたしが言ったとおりでしょう?」グウェンが夫に向かって言った。「パパはあなたが思っていたような人じゃないわ」

「わたしのことを俗物だと思っていたのか」将軍がリックをにらんだ。「わたしは銀行預金の残高を見て友を選ぶような人間ではないぞ」

「申し訳ありません」リックは謝罪した。「あなたの人柄がよくわからなかったので」

「今にわかる」

「ニュースで見ましたが、CIAの長官に任命されたそうですね、おめでとうございます」

キャサウェイ将軍が肩をすくめた。「正直、いつまでもつかわからん。わたしはお追従を言うのは苦手だ。歯に衣《きぬ》着せぬ物言いを嫌う者は多い」

「昔も今も、正直は美徳だと思います」リックは言った。

キャサウェイ将軍が瞳を輝かせ、娘に向かって言った。「いい男を捕まえたな」

グウェンは何も言わずにほほえんだ。

病院の待合室に残ったキャッシュ・グリヤは、サンアントニオにいる誰かと電話で話していた。マチャド将軍は所在なげに雑誌をめくり、バーバラは不安に駆られて室内を行ったり来たりしていた。グウェンの父親は扱いにくそうな人物だ。リックがキャサウェイ将軍と衝突しませんように。バーバラはひそかに祈った。

キャッシュが携帯電話を閉じた。「コマンチ・ウェルズから数キロ離れた地点で乗り捨てられた車が見つかった。フェンダーに残った痕跡から、エイムズの車に当て逃げをした車両である可能性が高い。所有者を調べたところ、盗難車だとわかった」

「フエンテスの弟の仕業だ」マチャドがつぶやいた。「もう我慢の限界だ。近い将来、あの男はこの報いを受けるだろう」

「今の言葉は聞かなかったことにしておこう」キャッシュが言った。

「わたしはただ、あの男の未来を予言しただけだ」

「ぼくにはテロの予告に聞こえた」キャッシュが警告した。「あと一時間ほどしたら、ぼくはあなたが誘拐犯として手配されていることを思い出すつもりだ。覚悟しておいたほうがいい」

マチャドがにやりとした。「そのころわたしは、この町から遠く離れたところにいるだろう。ここへ来たのは息子のためだ」

キャッシュがほほえんだ。「ぼくにも三歳になる娘がいる。娘はぼくよりひどい癇癪《かんしやく》持ちだ」

「わたしは幼いころの息子を知らない。ドロレスが死ぬまで息子の存在を隠し通したことが残念だ」

「ドロレスが何も言わずにいてくれたおかげで、わたしは救われたわ」バーバラが優しく言った。「リックを養子に迎えたことが、生きる理由をわたしに与えてくれたの。どんな出来事も、起こるべくして起こるんじゃないかしら？」

「そうだな」マチャドがほほえんだ。「すべては運命のお導きというわけだ」

「わたしはもう帰らねばならんが」キャサウェイ将軍がリックと連れ立ってやってきた。「きみに会えてよかった」将軍がリックと握手をした。

「ぼくもあなたにお会いできてよかった。これからは、お嬢さんをもっとたいせつにします。それと、今後はグウェンのどんなサプライズにも柔軟に対処するつもりです」リックは笑って言いそえた。

「そうしてくれたまえ。わたしがCIAの長官になったことを忘れるなよ」キャサウェイ将軍がにやりとした。「きみの動向に目を光らせているからな」

「心しておきます」リックは答えた。

キャサウェイ将軍がマチャドに向き直る。「きみも急いでメキシコを離れたほうがいい。ソノラに嵐が近づいている。避難するなら今のうちだ」

マチャドはうなずいた。「ありがとう」

「親切心から忠告したわけじゃない。バレラが世界最大のコカイン流通センターと化す前に、あのろくでなしを排除したいだけだ」

「わたしも同じ気持ちだ」マチャドは静かな声で言った。「ほどなく、あの男は権力の座から転がり落ちるだろう。約束する」

「我々も支援できればいいのだが、すでに戦力も情報も充分すぎるほど集まったようだな」

「あなたの友人の協力も得た」マチャドは笑顔で答えた。

「グレーンジは有能な男だ」キャサウェイ将軍はマチャドと握手をしてから、バーバラに向き直った。

「きみは相当な皮肉屋だな」

バーバラが将軍をにらんだ。「あなたこそ、かなりの毒舌家だわ」

キャサウェイ将軍がほほえんだ。「料理も会話も、刺激のあるものが好きでね」

「わたしもそうよ」

「母は最高の料理人なんです」リックは育ての母の肩を抱いた。「この町でカフェを経営していて、客に出す料理もほとんど自分で作っています」

「ほう！　わたしも料理には自信がある」キャサウェイ将軍が言った。「自分で育てた野菜を、夏が来るたびに缶詰にしているのだ」

バーバラが将軍に歩み寄った。「わたしも野菜を缶詰にして保存しているわ。ドライハーブも作るのよ」

「うちにもハーブガーデンがある」キャサウェイ将軍が言う。「ハーブの育ちが悪いのが悩みの種だ」

「コンポスターは使っているの？」

キャサウェイ将軍が眉をつりあげる。「それはなんだね？」

「生ごみから堆肥を作る装置よ」バーバラは装置のしくみと堆肥の使い方を説明した。

「きみもガーデニング愛好家だったのか」キャサウェイ将軍がにこやかにほほえんだ。「これはうれしい驚きだな！　近ごろは、ガーデニングが好きな女性にはめったにお目にかかれない」

「ジェイコブズビルには、ガーデニング愛好家の女性がたくさんいるわ。来年の夏、うちへ遊びにいらっしゃいよ。日照りが続いても、立派なとうもろこしを育てられる方法を教えてあげる」

キャサウェイ将軍が一歩前に出た。なんて大きな人なのかしら、とバーバラは思った。将軍は背が高くハンサムで、戦車を思わせる堂々たる体躯《たいく》の持ち主だ。豊かな髪と瞳は黒く、肌は小麦色に日焼けしていて、口元が魅力的だった。

キャサウェイ将軍もバーバラに惹《ひ》かれるものを感じていた。長身でほっそりした体つきのバーバラは、とても美しいと将軍は思った。

「来年の夏まで待たずに訪ねてこよう」深みのある声で将軍が言う。「この町にホテルはあるかな？」

「あるわよ。でも、わたしはビクトリア朝様式の大きな家に住んでいるから、リックやグウェンと一緒にうちに泊まって」バーバラが頬を染めて笑い、マチャドのほうを見た。「あなたも家族の一員として歓迎するわ。そのときまでに革命が成功しないと来られないでしょうけれど」

「革命はそれまでに成就するだろう。家族の集まりには、わたしも出席させてもらうよ」マチャドがバーバラの手の甲に唇を押し当ててお辞儀した。「息子を立派に育ててくれてありがとう」

バーバラはほほえんだ。「リックはわたしに生きる喜びを与えてくれたわ。リックを養子に迎えるまでのわたしは孤独だった」

「わたしには、もう娘しか残されていない」キャサウェイ将軍が悲しげに言った。「今年の初め、ひとり息子が戦地で爆死し、妻も数年前に他界した」

「お気の毒に。わたしのたったひとりの子供は生まれ落ちる前に死んでしまったの。成長した子供を失うのはつらいでしょうね」

「自分が死を迎えることより、子供に先立たれることのほうがつらい」キャサウェイ将軍は喉のつかえを払い、視線をそらして深々と息を吸った。「わたしの副官が〝蟻《あり》の踊り〟をはじめたから、もう行かねば」将軍はそう言って、戸口に立っていた若い士官にうなずいてみせた。

「〝蟻の踊り〟って?」バーバラがきいた。

「わたしの副官は急いでいるとき、そわそわと脚を動かす癖があるのだ。蟻が脚を這《は》いあがってくるのを感じてもぞもぞしているように見えるから、わたしは〝蟻の踊り〟と呼んでいる。悪いやつではないのだが、いささか気が短い」将軍が肩をすくめた。

「わたしと同じだ。似た者どうしだからうまくいく」キャサウェイ将軍がリックと握手した。「グレーンジはきみを高く買っている。そこにいる署長も――」将軍は電話中のキャッシュのほうへ顎をしゃくってみせた。「きみのことをほめていた」

リックは口元をほころばせた。「光栄です。好きな仕事をしていて評価されるのは、いい気分だ」

「娘をよろしく頼む」

「まかせてください」

キャサウェイ将軍がバーバラの前でふと足を止めた。「また会おう」

バーバラがにっこりした。「ええ、ぜひ!」

将軍はグリヤやマチャドに軽くうなずいてみせたあと、時間を気にしている副官に歩み寄った。

キャッシュが電話を切って、リックたちのほうへやってきた。「失礼。当て逃げ事故の捜査に進展がないかどうか、電話で確認していたんだ。国境のデル・リオ付近でちょっとした事件があった。三人組が国境警備隊員を襲い、メキシコへ逃亡したそうだ。おそらく、エイムズの車に体当たりをして事故を引き起こした連中だろう」

「最悪だな」リックはつぶやいた。「三人組の身元が割れたとしても、メキシコに身柄引き渡しを要求するとなると時間がかかる」

マチャドが唇を引き結んだ。「心配は無用だ。有能な追跡者がいれば、ああいう連中はすぐ見つかる。始末するのも簡単だ」

「ぼくは何も聞こえなかった」キャッシュが言った。

マチャドがくすくす笑った。「むろんだ。わたしは未来を予見しただけだからな」

「病院まで一緒に来てくれてありがとう」リックはマチャドに向かって言った。「泣き言まで聞いてもらって感謝している」

マチャドが息子をがっちりと抱きしめた。「そばにいてほしいときは、遠慮なく呼べばいい」そう言って、息子の顔をじっと見つめる。「きみのような息子を持てたことを誇りに思う」

リックは感動した。「ぼくも、あなたのような父親を持てたことを誇りに思っている」

思わず涙ぐんだマチャドが照れたように笑った。「この調子でいくと、お互いに男泣きをしてしまいそうだから、これで失敬するとしよう。駐車場でグレーンジが待っている」

「警察署長としてではなく、一個人として革命の成功を祈っている」キャッシュが言った。

マチャドがキャッシュと握手をした。「ありがとう。重傷を負ったきみの部下が回復するといいが」

「ああ」

リックは父親を病院の出口まで送っていった。駐車場に停《と》めてあるマチャドの小型トラックの運転席で、ウィンスロー・グレーンジがハンドルを握って待っていた。

マチャドが息子に向き直った。「しかるべき時が来たら、きみに仲立ちをしてもらってアメリカ政府と交渉しよう」おごそかな声で言う。「バレラには豊かな資源が眠っている。貿易相手は、全体主義国家より民主国家のほうがいい」

「賢明な判断だ」リックは言った。「時が来たら呼んでくれ。待っているから」

マチャドがほほえみ、スペイン語で言った。

「ケ・バヤス・コン・ディオス、ミ・イホ」

〝さらばだ、息子よ〟という言葉には、父親らしい愛情がこもっていた。リックは胸を熱くしながら、トラックに乗って去っていくふたりに手をふった。

バレラ解放のための戦いで、父が命を落とさなければいいのだが……。エミリオ・マチャドは歴戦の勇士だから、戦火のなかでもきっと生きのびるはずだ。

リックはそう信じて疑わなかった。

二日後、グウェンは退院し、バーバラの家にもどった。といっても、胸にはサポーターが巻かれ、身動きするたびにつらそうに顔をしかめた。ホリスター警部補は休暇をとって療養するよう勧めてくれたが、グウェンは一日も早く職場に復帰したかった。リックに脅しめいた言葉をかけられなければ、ベッドでおとなしく寝てなどいなかっただろう。

「わたし、あなたのお母様のお荷物になるのはいやなの」グウェンは言った。「お母様はカフェにも行かず、わたしの世話をしてくださっているのよ！」

「母は、きみのことをお荷物だと思ってはいない」

リックが請け合った。

「そのとおりよ」バーバラがスープとクラッカーを持って寝室に入ってきた。「わたしは今、感謝祭に最高のディナーをふるまう準備をしているの。ディナーには、あなたのお父様も招待するつもりよ」バーバラはそう言ってから、ほんのりと頬を染めた。

「かえってご迷惑かしら？　お父様はＣＩＡの長官で、高級な陶磁器やクリスタルの食器が並んだ晩餐《ばんさん》に慣れていらっしゃるから……」

「父はうちにいるとき、白いシンプルなお皿と、〈スターバックス〉の頑丈なマグカップを愛用しているの」グウェンは言った。「うちではマナーにもあまり気を遣わないわ。といっても、お上品な社交界でも通用する礼儀作法は、ひととおり心得ているけれど。ここで過ごす感謝祭は、ワシントンで忙しい日々を送っている父にとって、いい息抜きになるんじゃないかしら。わたしはワシントンを離れることができてせいせいしたわ。法の執行のために働くほうが、パーティーより楽しいもの」

「同感だ」リックが妻にほほえみかけた。「きみとエイムズが事故に遭ったのは不運だったたが」

「そうね。エイムズ巡査の容態はどう？」

「今朝、意識をとりもどしたとキャッシュ・グリヤが言っていたわ」バーバラが笑顔で言った。「意識がもどると同時に、事故の記憶もよみがえったみたい。体当たりしてきた車に乗っていた男たちの顔もはっきり覚えているらしくて、三人のなかにフエンテスの弟がいたと証言したそうよ」

「フエンテスの弟が？」グウェンは愕然《がくぜん》とした。

「フエンテスの弟は、ぼくがマチャド将軍の息子であることを知っている。きみがぼくと結婚したことも承知していたはずだ」リックの表情が陰った。

「おそらく、フエンテスの弟はまわりくどいやり方でマチャドに復讐《ふくしゆう》しようとしたんだろう。ぼくが車を運転していると思ったのかもしれない」

「きっとそうだわ」バーバラが不安げに言った。

「また狙われるかもしれないから、ひとりで外出してはだめよ」

「やつの逮捕は難しいだろう」リックが冷ややかに言った。「何十人もの警察官がフエンテスの弟を検挙しようとして失敗している。山岳地帯にある隠れ家にたどり着くには、護衛がいる複数のチェックポイントを突破しなければならない。先週、潜入を試みた捜査官がひとり殺害された。フエンテスの弟を鉄格子の向こう側へ送りこむのは至難のわざだ」

「あなたのお父さんはフエンテスの弟のことをよく思っていないわ」バーバラが言った。

「マチャド将軍なら、わたしたちにできないことができるはずよ」グウェンが言った。

「確かに」リックは認めた。

「そのうち、フエンテス一味の哀れな末路を物語る、うれしい知らせが届くんじゃないかしら」バーバラが言った。「今はとにかく、グウェンに早く元気になってもらわないと。元気回復には、おいしいものを食べてのんびりするのが一番よ」

「母さんは優しいな」リックは言った。

「あなたのような方をお義母《かあ》様と呼べるわたしは幸せ者だわ」笑顔で言ったグウェンは、ベッドのなかで体をずらし、痛みにうめいた。

「お薬の時間よ」バーバラが薬をとりに行った。

リックが身をかがめ、グウェンの眉間にそっとキスしてささやいた。「早く元気になってくれ。快気祝いにエロチックな計画を立てたから」

グウェンは声をたてて笑い、痛みに顔をしかめてから、夫の唇に軽くキスをした。「わたしもいろいろ計画を練っているのよ。折れた肋骨の痛みさえなかったら、ふたりで楽しい時間を過ごせるのに！」

「運が悪かったたな。こうなったのは、フエンテス一味のせいだ」リックの唇が妻の唇をかすめた。「だが、ぼくたちには無限の時間がある」

「そうね」グウェンはにこやかにほほえみながらささやいた。「永遠に続く時間があるわ」

あっというまにやってきた感謝祭は雪だった！

リックはグウェンとふたりでバーバラの家の庭に出て、フェンスぞいに植えられた木々の枝に積もった雪を見て楽しげな笑い声をあげた。

「雪だわ！」グウェンが叫んだ。「テキサスで雪が降るなんて嘘《うそ》みたい！」

「今年は南アフリカでも八月に二度も雪が降ったんだ。異常気象のせいだな」

グウェンは笑顔で夫を抱きしめた。まだ少し肋骨のあたりが痛むものの、回復が早いので、じきに新婚の夫と官能的な冒険を楽しめるようになるだろう。

「きみのお父さんは来てくれるかな？」

「もちろん。感謝祭に手料理をごちそうしてもらえるなら万難を排して行くと言っていたわ。パパは休日に料理をするのが嫌いなの。いつも外食ですませているから、ディナーに招待されて大喜びしていたわ。手料理のほかにも、楽しみにしていることがあるみたい」グウェンは小悪魔めいた笑みを浮かべた。

「これはわたしの勘だけれど、パパはバーバラのことが好きなんじゃないかしら」

「お似合いのカップルになりそうだ」

「ええ。ふたりとも伴侶を亡くしているし、年齢的にもつりあいがとれるわ。パパは立派な人よ」

「だが、きみのお父さんはＣＩＡの長官で、ワシントンに住んでいる。母さんはジェイコブズビルのカフェの経営者だ。そこが問題だな」

「ふたりが本気で一緒になるつもりなら、どんな問題でも解決できるわ」

「だろうな」白い雪が舞う庭で、リックはグウェンをそっと抱き寄せた。「きみと結婚したことは、ぼくの人生において最良の選択だった」彼の顔は真剣だ。「口下手だから言葉にするのは難しいが、ぼくはきみを心から愛している」

夫の声の優しい響きに、グウェンは思わず息をのんだ。「わたしもあなたを愛しているわ」

リックは身をかがめてグウェンに口づけした。彼女の上唇を舌でなぶり、なかば開いたその唇にむさぼるようなキスをする。欲望の炎が燃えあがり、妻の体にまわされたリックの腕に力がこもった。

グウェンのうめき声を耳にして、彼は慌てて身を引いた。「すまない。怪我《けが》のことを忘れていた！」

グウェンが息を弾ませて笑った。「気にしないで。わたしも忘れていたくらいだから。あと一、二週間でもとどおりになるわ」

リックは眉をつりあげ、ジーンズとタイトなセーターに包まれた女らしい姿態を見おろした。「今のままでも充分すてきだと思うが」

「あなたったら！」グウェンが夫の胸を小突いた。

「スタイル抜群で優しくセクシーな妻をめとったぼくは幸せ者だ」

グウェンが夫にキスをする。「お互いに、幸運に恵まれたみたいね」

リックがため息をついた。「なかに入って、ポテトの皮をむくのを手伝ったほうがいいだろうな」

「ええ、そうしたほうがいいわ」

リックがほほえみ、グウェンとふたたび唇を重ねた。「あと一分だけ、ここでこうしていよう」

グウェンは吐息をもらした。「ええ。あと一分か……二分……三分くらいなら大丈夫……」

十分後、ふたりは家にもどった。バーバラが愉快そうな目でふたりを眺め、山盛りのポテトと皮むきナイフをリックに手渡した。

キャサウェイ将軍は大勢の側近を引き連れてやってきた。将軍がバーバラの家を訪ねたときに同行を許されたのは副官と事務官のふたりだけで、側近の大半はホテルに残った。それでも、バーバラの家には大量の電子機器が持ちこまれた。

「仕事柄、外部との連絡を完全に絶つわけにはいかんのだ。ＣＩＡ長官の仕事はやりがいがあるが、忙しくてかなわん。メールをやりとりする暇もない」

将軍が娘にほほえみかけた。

「パパはがんばっていると思うわ」

「ありがとう」将軍は詰め物をした七面鳥を食べながら目を閉じて、肉汁と調和した絶妙な味を堪能した。「これはうまい」

「そう言ってもらえてうれしいわ」バーバラが満面に笑みをたたえた。「わたし、料理が大好きなの」

「わたしも料理が好きになったわ」グウェンが言った。「バーバラに料理法を教えてもらっているの」

「グウェンは覚えが早いのよ」バーバラが義理の娘にほほえみかける。「グウェンの手作りコーンブレッドは最高だわ。わたしに教わらなくても、これだけおいしいパンが焼けるのは、才能があるからね」

「ありがとう」


「その後、フエンテスの弟はどうなった？」将軍がだしぬけに娘に問いかけた。

「それが、おかしなことになっているの。フエンテスが消えてしまったのよ。当て逃げ事故のあと、誰もフエンテスの弟の姿を見てないの」

「妙な話だ」将軍が言った。

「ええ、ほんと」

「当て逃げされた車を運転していた若者は命をとりとめたのか？」ポテトサラダを食べながら、キャサウェイ将軍がきいた。

「エイムズ巡査なら、退院して職場に復帰したそうよ」グウェンは言った。

「それは何よりだ」将軍がテーブル越しにリックを見た。「きみのお父上はメキシコを離れたようだな」

リックは口元をほころばせた。「はい。そう聞いています」

「バレラの革命の機は熟したというわけか」

リックはうなずいた。「ほどなく、戦いの火蓋が切られるでしょう」

「革命の話はそれぐらいにして」ふたりをたしなめたバーバラが大きな笑みを浮かべて立ちあがった。「今日のためにサプライズを用意したの」

いったんキッチンへ引っこんだバーバラがもどってきて、巨大なパイをテーブルに置いた。

「これは……？」

「ココナツクリームパイよ」バーバラがうなずきながら言った。「誰かさんの大好物なんですって」

「わたしはココナツクリームパイに目がないのだ！」キャサウェイ将軍が言った。「感激だ！」

「喜んでもらえてよかったわ」バーバラはパイを切りわけて皿にのせると、将軍に手渡した。「七面鳥をたらふく食べたあとで、おなかに入るかどうかわからないけれど……」

「無理にでもつめこむさ」将軍が意気ごんで言い、その場にいた全員が笑い出した。

キャサウェイ将軍は二日間バーバラの家に滞在した。リックとグウェンとバーバラは、将軍にジェイコブズビルを案内してまわり、住民たちに引き合わせた。住民の輪にすんなりとけこんだ将軍は、クリスマスにまた来ると約束して帰っていった。

マチャド将軍からも連絡があった。革命軍はバレラに隣接する友好国に入り、侵攻準備を整えているという。

「勝利は確実だから心配するな」そう言いつつ、マチャドはさらに言葉を継いだ。「万一のことがあるといけないから、今のうちに言っておこう。血をわけた息子に対面したことは、わたしの人生における最大の喜びだった」

父親の言葉に感動したリックは、あとでグウェンに言った。「父のあの言葉は、ぼくにとって最高の贈り物だ。といっても、きみとの結婚に勝る喜びはないが」

新居へ移るまでのあいだ、ふたりはグウェンのアパートメントで新生活をはじめた。リックの部屋より彼女の部屋のほうが職場に近いのだ。

金曜の夜、グウェンは早めに職場を出た。あとから帰宅したリックが部屋に入ると、ネグリジェをまとったグウェンがソファのかたわらに立っていた。なまめかしい妻の姿を目にしたリックの心臓が早鐘のようにとどろきはじめる。

「あら、早かったのね。新しいネグリジェに袖を通したときに帰ってくるなんて、グッドタイミングだわ！」長い髪を肩にたらしたグウェンが夫に歩み寄り、熱い思いをこめてその体を抱きしめた。

リックが玄関のドアを閉じるが早いか、ふたりは床に倒れこみ、カーペットの上で狂おしげにお互いを求め合った……。

11

「肋骨《ろっこつ》が痛まないか？」リックがあえいだ。

「平気よ」グウェンはささやいた。ゆるやかで力強いリズムに合わせて体を揺らすと、このうえない歓《よろこ》びの波が押し寄せてきた。「ああ、すてき！」快感におののきつつ、グウェンはうめいた。

「まだまだ……本番はこれからだ」

「ええ！」グウェンは歓喜の声をあげ、閉じていた目を大きく見開いた。クライマックスに達したリックの体が小刻みに震えはじめる。

彼は目をつむり、恍惚《こうこつ》としてうめきながら背を弓なりにそらし、官能の歓びに身をゆだねた。

グウェンも情熱の炎のなかで身もだえし、はるかな高みへのぼっていった。大きくふくらんだ官能の歓びが一気に炸裂《さくれつ》し、弾《はじ》け飛んだ炎の雨が空を焦がす。クライマックスの余韻をとどめたグウェンの体は熱くほてり、永遠に消えることのない情熱の炎に焼きつくされようとしていた。

官能の高みをきわめたあと、まだ暖かい熾火《おきび》のなかへおりてきたグウェンは、つきることのない欲望に身をよじった。

「もっと」グウェンが声をつまらせた。「もっと抱いて……。これでおしまいなんていや！」

「何も言わないでいい」リックは妻の耳元でささやいた。「きみがもうやめてと言うまで、終わりにするつもりはないから」リックの唇がグウェンの唇をかすめる。彼の体がゆるやかなリズムをきざみはじめ、グウェンをさらなる高みへ運んでいった。

リックは頭をもたげ、硬いつぼみをいただいたピンク色の胸のふくらみに視線を落とした。グウェンが胸を突き出し、誘うように腰を浮かせると同時に、ふたりの体がきざんでいたリズムが激しく、切迫したものになっていった。

「そう、今よ。来て」リックの腕のなかで、いまだかつて経験したことのない強烈な歓びに身を震わせながら、グウェンがうめいた。「お願い！」

リックは彼女のなかに深々と身を沈めた。しびれるような快感が彼を包みこんでいく。リックは官能の淵《ふち》に身を投じ、至上の歓びを求めて叫んだ。

ふたりは同時に解放の瞬間を迎えた。やがて、気が遠くなりそうな快感の波が引いていき、リックは精根つきたようにグウェンの上に倒れ伏した。乱れていた呼吸が落ち着くまで、グウェンはリックの熱い体を抱いていた。

「信じられないくらいすてきだったわ」グウェンは夫の喉元に唇を寄せてささやいた。

「ふたりで限界をきわめたつもりでいたが、この調子ならもっと上まで行けそうだ」リックはかすかな笑いをもらしたあと、はっとしたように顔をあげた。「肋骨は大丈夫かい？」

「大丈夫。痛みがあったら、快感にひたってなどいられなかったわ」グウェンが頰を染め、夫の黒褐色の瞳をのぞきこんだ。「あなたは最高よ」

リックはにやりとした。「きみも最高だった」そう言って片眉をつりあげる。「これからは毎晩、シースルーのピンクのネグリジェを着て、ぼくを出迎えてほしいな。正直に言って、きみのネグリジェ姿に悩殺されたよ」

グウェンが優しく笑った。「あれは計画的にしたことじゃないわ。新しいネグリジェを試しに着てみたときに、ちょうどあなたが帰ってきたの。あとはご存じのとおりよ」

リックは妻にそっとキスをした。「歴史に残る夜だったな」

リックが身を離そうとすると、グウェンがふと顔をゆがめた。

「すまない」リックはゆっくり体を引いた。「今夜は少々がんばりすぎたみたいだ」

「そんなことないわ」グウェンが笑顔で言った。

リックは妻を寝室へ連れていき、ベッドに並んで横たわった。ふたりが脱ぎ捨てた衣類はリビングルームにそのまま残してある。

「夕食がまだだわ」グウェンが不満げに言った。

「デザートはもうすんだから、夕食はあとでいい」リックはグウェンを胸に抱いて明かりを消した。

やがて睡魔に襲われたふたりは、朝が来るまでぐっすり眠った。

クリスマスには、エミリオ・マチャドをのぞく家族全員がバーバラの家に集まった。ツリーが飾られたリビングルームにはクリスマスソングが流れ、食べきれないほどの料理がテーブルに並べられた。リックとグウェンが近所に家を買う話もほぼまとまり、一月に売り主と正式にサインを交わす運びになった。

キャサウェイ将軍とバーバラは、ささいなことでもめたり喧嘩《けんか》をしたりしながら、けっこう仲良くやっていた。キャサウェイ将軍には、料理においても自説を曲げない頑固なところがあった。将軍が料理に目覚めたのは五年前だが、バーバラは何十年も前から厨房《ちゅうぼう》に立っている。そんなふたりが衝突するのは当然の成り行きだった。

グウェンはCIAをやめ、サンアントニオ警察の殺人課でフルタイムの刑事として働いている。

グウェンの努力が実を結び、ミッキー・ドゥナガンは殺人容疑で逮捕された。以前、暴行罪で二度も検挙されながら無罪放免になったドゥナガンも、今度ばかりは逃げられそうになかった。ドゥナガンは過去にあった類似の殺人事件の容疑者でもあった。サンアントニオに住む女子大生が殺害された事件では、犯行時刻に現場付近でドゥナガンの姿が目撃されていた。

被害者の体に付着していた体液のDNAと、犯行現場に残された指紋は、ドゥナガンのものと完全に一致した。確固たる証拠を突きつけられ、観念したドゥナガンは犯行を自供した。警察が容疑者を逮捕したとき不手際があったと国選弁護人が言いがかりをつけてきたが、当のドゥナガンが、逮捕の手順に問題はなかったと断言した。

犯行を認めたあと、ドゥナガンは泣きはじめた。

「あの子たちを傷つけるつもりはなかったんだ。でも、あの子たちはすごくきれいだった。おれは女にもてないから、ガールフレンドなんていない。最初の女子大生は、おれのことをばかにして笑ったから殺したんだ。だけど、このあいだ手にかけた子は優しかった。お願いだ、おれを刑務所に入れてくれ。

もう誰も傷つけたくない」

ドゥナガンを検事のもとへ送り出したとき、グウェンの顔には悲しげな笑みがたたえられていた。良心の呵責《かしやく》に責めさいなまれる殺人犯はめったにいない。とはいえ、犯人がどれだけ後悔しても、殺害された女性たちは帰ってこない。未解決事件の専従捜査班はグウェンに恩義を感じたのか、おいしいディナーをごちそうさせてくれと言ってきた。グウェンは亡くなった女性たちの両親に会い、犯人を逮捕したことを伝えた。ドゥナガンは法の裁きを受けることになるが、すなおに罪を認めたため、公判が長引いて被害者の家族をいたずらに苦しめる可能性は低かった。

サンアントニオ警察の巡査で、以前リックやグウェンと一緒に張りこみをしたシムズは、突然辞職を願い出た。シムズが警察をやめた事情を知っている者は、署内にひとりもいなかった。

ジェイコブズビルのエイムズ巡査は全快し、職場で元気に働いている。

ニュース番組では、マチャド将軍がバレラに侵攻する日が近いことを連日報道していた。噂《うわさ》の真偽を問われたキャサウェイ将軍は、何も言わずにほほえむだけだった。

グウェンはきれいにラッピングされたクリスマスプレゼントをリックに手渡した。

彼女に見守られながら包みを開けたリックは、驚いて妻を見た。「どうしてこれを……？」

グウェンがにっこりしてバーバラのほうへ顎をしゃくってみせた。バーバラが声をたてて笑う。

「ありがとう！」包みのなかには、アメリカ対メキシコのサッカーの試合を収録したDVDが入っていた。リックは仕事が忙しく、その試合を見逃してしまったのだ。「見るのが楽しみだ」

「結果はわかっていると思うけれど、すごくいい試合だったから、あなたにもぜひ見てもらいたくて」

グウェンが言った。

「これはきみへの贈り物だ。開けてごらん」リックは小さなプレゼントを妻に渡した。

それは宝石店のジュエルケースだった。うながされるまま蓋を開けると、小さいけれども美しいダイヤモンドのリングが入っていた。

リックがケースからリングを出してグウェンの指にはめた。「小粒のダイヤに、ぼくのありったけの思いをこめてある」

リックが指輪にキスをした。グウェンはうれし涙を流しながら夫を胸に抱きしめた。「葉巻のラベルでもよかったのに」

「きみがあまりにも無欲だから、よけいにダイヤを贈りたくなったんだ」

「優しいのね」

「ぼくは幸せ者だ」リックが吐息をついて、妻の髪に唇を押し当てた。

グウェンは愛にあふれた瞳を夫に向けてから、自分の父親とバーバラのほうをちらりと見た。「わたし――」キャサウェイ将軍とバーバラはお互いにプレゼントし合った料理本をそれぞれ眺めている。「今までの人生において、今年のクリスマスほど幸せを感じたことはないわ」

「ぼくもきみと同じ気持ちだ。これからは、幸せなクリスマスが毎年めぐってくるだろう」

「ええ」グウェンは満面に笑みをたたえ、指先で夫の頰にふれた。「今年が記念すべき第一回というわけね。メリー・クリスマス」

リックが妻にキスをした。「メリー・クリスマス」

不意に震え出した携帯電話がふたりの邪魔をした。リックは顔をしかめて携帯電話をポケットからとり出した。事件が発生して、クリスマスに署へ出向くはめになるのだろうか……。

着信番号に見覚えはなかった。

「もしもし?」

「フェリス・ナビダ」深みのある声がスペイン語で言った。「フェリス・ナビダ、フェリシダ!」

「英語を忘れたのかい?」リックはうれしそうに笑った。「それは残念だ! フェリス・ナビダ」リックもクリスマスを祝う言葉をスペイン語で返した。

「このところ、英語を忘れそうなほど忙しい日々が続いているんだ。メリー・クリスマス」

「メリー・クリスマス、父さん」リックは革命を目前にひかえた父親が忙しい時間をさいて、わざわざ電話をしてくれたことに感激した。

「こちらはすべて順調だ。おりを見て迎えの飛行機をさしむけるから、愛らしい奥さんを連れて遊びに来るといい」

「それはうれしいな」リックはそう応じてからグウェンのほうを向き、〝父さんだ〟と声には出さずに口だけ動かした。マチャドからの電話だと気づいたグウェンがにっこりした。

「それまでいい子にしていたら、サンタクロースがすばらしいプレゼントを持ってきてくれるぞ」

「ぼくは父さんへのプレゼントを用意してない」リックはすまなそうに言った。

マチャドが笑った。「プレゼントなら、もうもらった。近い将来、孫ができるかもしれないという希望をな。それに勝る贈り物はない」

「父さんの希望を早くかなえられるよう努力するよ」リックは冗談めかして言った。

しばらく間を置いて、マチャドが言った。「すまない。出発のときが来たようだ。幸運を祈ってくれ」

「いつも父さんのために祈っているよ」

「楽しいクリスマスを過ごすんだぞ」

「父さんも」

電話が切れた。

「まさか、父さんから電話がかかってくるとは思わなかった。最高にうれしいサプライズだ」

グウェンがほほえむ。「ええ、ほんと」

「このレシピは難しすぎる」キャサウェイ将軍がぶつぶつ言った。「こんなもの、できるわけがないじゃないか！　何度やってもうまくいかんのは、レシピが間違っているからだ！」

「間違ってなどいないわ。あなたにもきっとできるはずよ」バーバラが言い返す。

「いいや、絶対に無理だ！」

「思いこみの激しい人ね！　こっちへいらっしゃい。わたしが作り方を教えてあげるから。本当はちっとも難しくなんかないのよ！」

「そう思っているのは、きみだけだ！」

「文句ばかり言わないで。クリスマスなんだから」

キャサウェイ将軍が顔をしかめた。「わかったよ。くそっ」

「汚い言葉を使うのはやめて！」

将軍がため息をつく。「ちくしょう」

「それなら許容範囲だわ」バーバラがにっこりした。

「わたしを矯正しようとしても無駄だ」将軍が宣言した。「念のために言っておくが、わたしはＣＩＡの長官なんだぞ！」

「わたしの家にいるときは、見習いシェフにすぎないわ。ぶつぶつ文句を言わずについてきて。これほど簡単に作れるソースはないのよ。注意を怠りさえしなければ、固まることはないわ」

将軍は何事かつぶやきながらバーバラのあとについてキッチンへ行った。

リックはグウェンを抱きしめて、むさぼるようなキスをした。「愛しているよ」

「わたしもあなたを愛してる」

「ほら見ろ！　わたしが言ったとおり、ひどく固まってきたじゃないか！」キッチンのほうから将軍の声が聞こえてきた。

「固まってなどいないわ。煮つまってきただけよ！」

「きみがバターを入れるタイミングが早すぎたんだ！」将軍が憤然として言った。

「わたしのせいにしないで！」

リックは天を仰いだ。「きみのお父さんの癇癪《かんしゃく》、どうにかできないかな？」

「お母様の気の強さをあなたがなんとかしてくれるなら、わたしも善処するわ」グウェンが悪戯《いたずら》っぽい笑みを浮かべた。

「わたしは火を強くしてなどいないぞ。レシピが間違っているんだ！」将軍が息巻いた。

リックはグウェンと顔を見合わせた。キッチンでは将軍とバーバラが声高に議論を戦わせている。ふたりは無言で玄関に向かい、ドアを開けて外に出ると、車をめざして駆け出した。

リックは笑いながら車を発進させた。「母さんと将軍は、ぼくたちが姿を消したことに気づきもしないだろう。ふたりきりになったら、仲直りするかもしれない」

「ほんとにそう思う？」グウェンがからかうように言った。

リックはいずれふたりの新居となる家に車を乗りつけてエンジンを切った。

「ここで幸せな家庭を築きましょう」グウェンが吐息をついた。「わたしは庭でお花や野菜を育てるわ。そして、収穫したものを缶詰に加工する方法をあなたのお母様に教わるの」

「いい考えだ」リックは妻を抱き寄せた。「きみのお父さんとぼくの母さんが、命にかかわる大喧嘩をしなければいいんだが」

「パパたちには仲良くしてもらわないと困るわ」

「まず無理だな！」

そのとき彼の携帯電話が鳴った。「もしもし？」

「ちょっとうちへ帰ってきてもらえないかしら？」バーバラが言った。

「いいとも。身の危険がないならね」リックは母親をからかった。「どうかした？」

「キッチンで手伝ってほしいことがあるのよ」

「ソース作り？」

「いいえ、お掃除を手伝ってほしいの。カーテンとかキャビネットとか壁とか、オランデーズソースまみれになったから……」

「なんだって！　どうしてそんなことに？」

「ソース作りがうまくいかない責任をお互いになすりつけているうちにエキサイトして、フライパンを放り投げてしまったの」

「ふたりとも無事なのかい？」

「今になって思うと、彼の言いぶんのほうが正しかったような気がするわ。塩をひかえめにしたほうが、味がぐっとよくなるのよ」

「なるほどね」

「将軍は今、別のフライパンをさがしているから、なるべく早く帰ってきて。お願いよ」バーバラが小声で言い、電話を切った。

「何かあったの？」グウェンがきいた。

リックはにやりとして車を発進させた。「第一次宇宙戦争が勃発したらしい。戦場となったキッチンを浄化するように依頼があった」

「なんですって？」

「キッチンで大喧嘩をして、オランデーズソースを派手にぶちまけたらしい」

「お互いに口もきかない険悪な状態になったわけじゃないならいいわ」グウェンが言った。

リックはあきれてかぶりをふった。キャサウェイ将軍とバーバラはいつか休戦協定を結ぶかもしれないが、それまでは長い冬が続きそうだ。

　リックはグウェンを引き寄せて、頭のてっぺんに唇を押し当てた。グウェンがそばにいてくれるなら、どんな困難でも乗り越えられるだろう。

　グウェンがため息をついて目を閉じた。「〝料理人が多すぎるとスープすらうまくできない〟ってことかしら？」

「ぼくも今、きみと同じことを考えていたんだ」リックは言った。「うちへ帰って、争いの調停をするとしよう」

「了解！」

　ふたりを乗せた車は、色とりどりのストリングライトや、ひいらぎと樅《もみ》のリースが飾られた通りを走り抜けた。町の広場の中心に立てられた巨大なクリスマスツリーの根元には、きれいにペイントされた木製のプレゼントが置いてある。

「いつの日か」リックは言った。「きみとぼくの子供たちをここへ連れてきて、ツリーをライトアップする瞬間を見せてやろう」

　グウェンがほほえんだ。「そうしましょう」それはふたりの約束だった。「いつかきっと」

　バックミラーに映るクリスマスツリーがしだいに小さくなる。ふたりを乗せた車は角を曲がり、バーバラの家へと続く長い道を進んでいった。今までの人生において、今年ほど幸せなクリスマスを迎えたことはない。リックはグウェンに目をやった。彼女もぼくと同じ気持ちでいるようだ。淡いグリーンの瞳がそう語っている。

　孤独だったふたりは、お互いのなかに理想的な伴侶を見出《みいだ》したのだ。

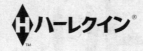

ハーレクイン・ディザイア　2012年9月刊（D-1532）

結婚にとまどって

2019年3月5日発行

著　　者	ダイアナ・パーマー
訳　　者	氏家真智子（うじいえ　まちこ）
発 行 人	フランク・フォーリー
発 行 所	株式会社ハーパーコリンズ・ジャパン 東京都千代田区外神田 3-16-8 電話 03-5295-8091（営業） 0570-008091（読者ｻｰﾋﾞｽ係）
印刷・製本	大日本印刷株式会社 東京都新宿区市谷加賀町 1-1-1

ISBN978-4-596-51842-2 C0297

今月のハーレクイン文庫 おすすめ作品のご案内

3月1日刊

「思い出の海辺」
ベティ・ニールズ

兄の結婚を機にオランダへ移り住んだ看護師クリスティーナ。希望に満ちた新天地で、ハンサムな院長ドゥアートに「美人じゃない」と冷たくされて傷ついて…。

（初版：I-1654）

「楽園で、永遠に」
エマ・ダーシー

恋に破れ、傷心したロビンは、南国の地で運命の人に出会う。ところがその彼に、不治の病の弟と、束の間でいいから結婚をしてやってほしいと頼まれてしまう。

（初版：I-567）

「華麗なる誘惑」
サラ・モーガン

両親が諍いばかりだったせいで、リビーは男女の愛に恐怖を感じていた。ギリシア富豪アンドリアスと出逢うまでは。彼にアプローチされると拒否できず…。

（初版：I-1769）

「暗闇のエンジェル」
スーザン・ネーピア

初めて会ったはずの婚約者の兄と、なぜだろう初めて会った気がしない――かつて脳の手術をしたヘレンは、結婚の直前、自分には失った記憶があったと気づく。

（初版：I-593）

＊文庫コーナーでお求めください。店頭に無い場合は、書店にてご注文ください。